à:
jeanne fromager ♡

Les CM1
en classe mystère

Du même auteur, dans la même série :

Superman contre CE2
Opération caleçon au CE2
Extraterrestre appelle CM1
Les CM2 à la une
Panique en 6e A

Laure et compagnie

Catherine Missonnier
Illustrations de Jessica Secheret

Les CM1 en classe mystère

RAGEOT

Pour Victoire, Margaux, Jules, Adèle, Martin, Elyos, Axel, Sacha et Anouk.

Une première version différente de ce roman
a paru sous le titre
Le mystère de la grange aux loups
(éditions Milan, 1989).

ISBN 978-2-7002-3882-2
ISSN 1772-5771
Conception graphique de la couverture : Marc Fleuret

Prologue

À la tombée du jour, le vieux donjon du château du Loup Pendu se découpe sur le ciel orange. Tout autour, les grands arbres du parc dessinent des ombres inquiétantes. Un léger brouillard monte des prés humides, le château semble flotter sur la brume.

Les oiseaux se sont tus, les renards ne sont pas encore sortis chasser.

Pendant de longues minutes, tandis que le ciel perd ses couleurs, le silence enveloppe les lieux, soudain rompu par un grincement. La porte du donjon s'entrouvre lentement, une silhouette mince en sort avec précaution, se glisse le long des murs et s'enfonce dans le parc.

Dans la petite maison, à l'entrée du parc, M. Bonvoisin, le gardien du Loup Pendu, dîne avec sa femme.

– Les dortoirs étaient glacés, j'ai remis la chaudière en route. Quand les enfants arriveront, il fera chaud, explique M. Bonvoisin.

– Tu as vérifié que les portes des souterrains étaient bien fermées ?

– Elles sont verrouillées, personne ne pourra s'y aventurer.

Au-dehors, la silhouette mince a disparu derrière les arbres du parc.

Un voyage mouvementé

– Ton anorak, trois jeans, deux pulls, des bottes… Ta valise est prête, dit la mère de Laure. Et ton cartable ?

– Feutres, papier à dessin, ciseaux, colle, cahiers, scotch et les trois livres de la bibliothèque, je crois que je n'ai rien oublié.

Soudain, elle hurle :

– Mes billes, tu as enlevé mes billes !

– Tu ne vas pas jouer aux billes en classe verte, voyons !

– Bien sûr que si, les copains les emportent et j'ai parié que je gagnerais toutes celles de Quentin.

– Bon, soupire sa mère, d'accord, emporte aussi tes billes.

– Pour mon pique-nique, tu as mis des chips ?

– Des chips, un sandwich au jambon plein de cornichons, un paquet de gâteaux, une tablette de chocolat aux noisettes et une bouteille d'eau. Maintenant, enfile ta doudoune, Laure, il est temps de partir.

– Je te rejoins, je vais dire au revoir aux autres.

Les autres, ce sont ses sœurs : Julie et Florence et son frère aîné, Marc. En l'embrassant, Julie glisse un paquet dans sa poche de jean.

Dans la chambre de Florence, c'est sa poche droite qui se remplit, et chez Marc ce sont celles de la doudoune.

– Ne te rends pas malade avec tous ces bonbons, dit Marc en riant.

Quand Laure arrive à l'école, les abords sont encombrés de voitures garées autour des deux cars qui vont conduire les enfants au Loup Pendu.

Mme Durand, la directrice, la liste des élèves de CM1 à la main, coche les noms des enfants au fur et à mesure de leur arrivée, vérifie les étiquettes des valises, des sacs à dos, et répond aux questions des parents...

– Tu as ta DS ? demande Laure à Nicolas qui est déjà là.

– Ma mère ne voulait pas que je la prenne. Je l'ai cachée dans le fond de mon sac. Et toi, tu as tes billes ?

– Bien sûr. J'ai aussi des chewing-gums, des Chamallow, des M. & M's et une tablette de chocolat.

– Tiens, Gilles arrive. C'est quoi ce pansement sur ton front ?

– J'ai couru en tirant ma valise, je suis tombé et j'ai cassé mes lunettes. Maman va les faire réparer et me les enverra. En attendant je vois tout flou.

– Tu parles, à l'école tu ne les mets jamais, ça ne t'empêche pas de lire au tableau.

– Le tableau n'est pas loin, mais au Loup Pendu, si on observe les étoiles, je ne verrai rien.

– On te les décrira.

– Ah ! voilà Quentin. Ben, tu en fais une tête !

– Maman a trouvé les pétards dans mon sac à dos, elle les a enlevés.

– C'est pas grave, dit Ken qui arrive avec John son frère jumeau, on a des amorces.

– Ça fait beaucoup moins d'effet !

– Tout dépend où on les place, assure Clothilde en posant son sac à dos à côté de ceux de ses copains.

– Sous le siège de madame Durand, suggère Ludovic qui vient de les rejoindre. Ce serait marrant.

– C'est surtout le meilleur moyen d'être puni, dit Nicolas.

Ludovic hausse les épaules, mais il sait que Nicolas a raison.

Dans leur bande, c'est le plus responsable, c'est aussi lui qui parvient à mettre tout le monde d'accord quand Quentin a une idée que les jumeaux trouvent stupide ou que Clothilde refuse de jouer pour la dixième fois la prisonnière des Indiens.

Ils sont huit, ils habitent le même village, vont dans la même école depuis la maternelle, ils sont inséparables. Quentin est le clown de la bande, il ne peut pas rester deux minutes sans se faire remarquer. Laure pense qu'il est un peu fou, ça lui plaît bien, mais il faut le protéger de temps en temps. Gilles est le plus serviable et le plus distrait. Il a toujours perdu quelque chose. Ludovic est le plus costaud, il en est fier. Personne ne peut se moquer de ses copains sans voir Ludovic sortir les poings.

Ken et John sont des jumeaux coréens orphelins qui ont été adoptés par une famille de voisins de Laure. Quand ils sont arrivés à Montaigu, ils avaient trois ans, ils étaient tout menus et timides et ne parlaient pas un mot de français. En moins d'un an ils sont devenus bavards, débrouillards, et excellents joueurs de foot. Et depuis le CE2 ils sont experts en informatique et en jeux électroniques dernier cri.

Il n'y a que deux filles parmi eux : Laure qui aime s'aventurer dans les endroits interdits et déteste les jeux de filles et Clothilde, la plus douce et la plus gentille, qui veut bien avoir peur à condition d'être avec les autres membres de la bande. Ensemble, ils ne s'ennuient jamais. Ils se disputent bien sûr, mais pas au point de se séparer et gare à celui qui attaquerait l'un d'entre eux. Cette année, ils ont la chance d'être dans le même CM1, celui de Mme Jacquet.

– Les enfants, vous dites au revoir à vos parents et vous montez dans les cars, calmement s'il vous plaît, s'écrie la directrice.

Immédiatement tous se ruent devant la porte du car rouge qui sera surveillé par leur maîtresse et M. Taquet.

Personne ne veut aller dans le car bleu avec Mme Durand. Quatre heures enfermés avec elle qui ne supporte pas le bruit de la récré, ça risque d'être dur.

En cinq minutes, le car rouge est bourré d'enfants. Seuls quelques malchanceux sont assis tristement dans le car bleu.

– Je vous avais donné des consignes, s'écrie Mme Durand, les élèves de monsieur Taquet et la moitié de ceux de madame Jacquet dans le car rouge, les autres dans le car bleu avec madame Perrin et moi.

– Pas question, gronde Quentin entre ses dents.

Il fait partie de ceux de sa classe qui ont reçu un ticket bleu.

– Planque-toi sous le siège de Nicolas et Ludovic, chuchote Laure, on va te cacher avec les sacs, elle ne te verra pas.

– D'ailleurs la mère de Legoff l'a installé dans le car bleu, si madame Durand vérifie le nombre des élèves, elle le comptera pour toi.

Bertrand Legoff est dans leur classe, mais personne ne l'aime. Il répond toujours à la place des autres pour montrer qu'il est le meilleur. Laure pense que sa mère est tellement fière de lui qu'il n'a pas le choix, mais ça n'est pas une raison pour prendre un air supérieur quand Quentin ou Ludovic se trompent.

Quentin se cache derrière le siège de Nicolas qui lui fait un rempart de sacs à dos. Les autres élèves avec des tickets bleus changent de car, le cœur gros.

M. Taquet et Mme Jacquet s'asseyent à l'avant avec Xavier et Lætitia, les étudiants qui les aideront pendant le séjour.

Le chauffeur ferme les portes, les mains s'agitent aux fenêtres. Sur le trottoir, les parents sourient, mais certains ont l'air triste de se retrouver seuls.

Les enfants commencent à se réjouir. Ils savent, grâce à ceux qui sont déjà allés au Loup Pendu en classe verte ou en colonie de vacances, que le séjour réserve toujours des surprises.

Une fois un garçon a disparu pendant une journée entière. Il s'était caché dans l'ancienne écurie pour fuir M. Taquet qui l'avait traité de poule mouillée.

Une autre fois, tout le monde a été réveillé en sursaut par les hurlements de quatre filles terrorisées : un fantôme aux yeux luisants les observait par la fenêtre. Le fantôme n'était que le heaume d'une vieille armure éclairé de l'intérieur par une bougie. Personne n'a jamais su qui l'avait installé.

Enfin le car s'ébranle. Quentin sort d'entre les jambes de Nicolas et Ludovic.

– Mets-toi à côté de Gilles, derrière nous, il t'a gardé une place, chuchote Nicolas.

M. Taquet se lève, compte les élèves et vérifie que les ceintures sont bien attachées.

– Je vous rappelle que les chewing-gums et les bonbons sont interdits, et tâchez de vous tenir tranquilles, conclut-il.

Dès que M. Taquet s'est rassis, Laure distribue un chewing-gum à chacun.

– C'est moi qui réussirai la plus grosse bulle, proteste Quentin.

– Pour qu'on t'envoie dans le car bleu avec madame Durand ? proteste Laure.

Ils ont colonisé l'arrière du car : Nicolas et Ludovic d'un côté, Ken et John de l'autre, et sur la dernière banquette tout au fond : Gilles, Quentin, Clothilde et Laure.

– Tu me montres tes billes ? demande Nicolas en se tournant vers Laure.

Elle extrait de son sac à dos une boîte métallique ronde et la pose sur ses genoux. En essayant de faire le moins de bruit possible.

– T'en as tant que ça ! s'exclame Quentin en se tournant lui aussi.

– Avec tout ce que je t'ai gagné, normal !

– Tu as gardé mon agate ? s'inquiète Ken.

– Bien sûr, c'est la plus belle.

– Je n'ai plus d'agate, coupe Quentin, je te l'échange contre ce calot doré. Regarde, on dirait une pépite.

– Une pépite, tu parles, c'est juste une bille jaune.

Ken attrape la bille de Quentin et la gratte du bout de l'ongle.

– Tricheur, tu l'as peinte en doré.

– C'est pas vrai, rends-la-moi.

– Viens la chercher !

– Ramasse-la, ta fausse pépite ! crie Ken en lançant la bille dans l'allée où elle roule jusqu'aux pieds de M. Taquet.

– Qui joue aux billes dans le car ? s'exclame-t-il. C'est absolument interdit.

Laure a refermé sa boîte, mais l'œil vigilant de M. Taquet l'a repérée. Il s'approche d'elle en soupirant :

– À quoi servent les consignes ?

Laure baisse le nez sans répondre. Elle ne veut pas accuser Ken et de toute façon elle ne peut pas parler, sinon elle va se faire punir pour le chewing-gum.

– Je confisque le tout, jusqu'au retour à Montaigu, conclut M. Taquet en emportant la boîte.

– Imbécile, lance Laure à voix basse, faut toujours que tu joues au plus malin, et c'est les autres qui paient.

– Mais c'est Quentin qui a essayé de me rouler, se défend Ken.

– Ça suffit maintenant, gronde Nicolas, si vous continuez à vous disputer, monsieur Taquet va nous séparer.

Pour calmer tout le monde, Clothilde fait passer son paquet de caramels.

Nicolas sort sa DS de son sac et propose une partie de Tap'taupes.

Ken et John récupèrent chacun leur console et Quentin extrait la sienne de la poche de sa doudoune.

– Mon record, c'est soixante-dix-sept taupes, plastronne John. Impossible à battre.

– J'ai fait quatre-vingt-cinq la dernière fois, annonce Nicolas.

– Moi cent, annonce Quentin.

– C'est ça ! rigole Ken, et moi trois cents !

– Tu vas voir ! Vous êtes prêts ? Attention, c'est parti !

Lèvres serrées, concentrés sur leurs écrans, les quatre concurrents manipulent leurs stylets avec une habileté de pro.

– Fin du temps, annonce Nicolas. J'ai quatre-vingt-deux.

– Moi quatre-vingts, admet Ken.

– Vous êtes nuls, j'ai cent six ! hurle Quentin en brandissant sa DS.

– Menteur, montre ton écran, crie Ken.

– Zut, mon score est effacé, annonce Quentin d'une voix désolée.

– Tricheur ! crie Ken en sautant sur lui.

Mais Quentin cache sa DS dans son dos. Ken le ceinture. Quentin bascule sur Gilles, qui le pousse par terre. John se précipite alors pour venir en aide à son frère, mais Ludovic l'empêche de passer.

Laure les repousse à leurs places en criant :

– Arrêtez, bande de nuls, on va être tous punis.

C'est trop tard. M. Taquet jaillit de son siège et se précipite vers eux, mais quelques amorces sont tombées de la poche de la doudoune de Ken et M. Taquet en écrase une d'un coup de talon. Un claquement sec retentit.

Le chauffeur ralentit, se gare sur le bas-côté et se retourne, très rouge.

– C'est bientôt fini ce chahut ! Vous allez vous calmer sinon j'arrête le voyage sur-le-champ.

Dans le fond du car, on n'en mène pas large. Chacun reprend sa place sous l'œil vigilant de M. Taquet.

– Tu en fais une tête, Gilles, ça ne va pas ?

– Pas ma chaute, m'chieur, mon appareil est coinché.

– Coincé par quoi ?

– Un cachamel.

M. Taquet soupire, regarde attentivement les huit du fond du car et annonce froidement :

– Maintenant videz vos poches.

Dans les mains de M. Taquet s'empilent bonbons, billes, caramels, amorces, consoles de jeux et même un sifflet.

– Il y a de quoi vous rendre tous malades, soupire-t-il. Je garde ça jusqu'à notre retour.

– J'ai encore les M. & M's et le chocolat de mon pique-nique, souffle Laure quand M. Taquet a regagné sa place.

La grande peur de Clothilde

Quand les cars s'arrêtent devant le Loup Pendu, la fatigue et les envies de vomir disparaissent instantanément. Bien sûr ils ont vu des photos du château, on leur a aussi décrit les lieux, mais la réalité est beaucoup plus excitante.

Ils n'avaient pas imaginé le pré qui descend en pente douce vers le parc, ni les arbres immenses, ni l'odeur de mousse, de terre et de feu de bois qui rappellent les vacances.

Quant au château, avec son donjon carré, ses fenêtres aux croisillons de pierre sculptée, il semble sortir des livres de contes. D'ailleurs, il court sur le Loup Pendu des histoires inquiétantes, comme celle du seigneur qui accrochait par les pattes un loup vivant à la poterne, pour montrer le sort qu'il réservait à ceux qui oseraient l'attaquer, ou celle du comte, tué en défendant le château contre des brigands, dont le fantôme hanterait encore les lieux.

Ce n'est pas en classe verte qu'ils arrivent, mais en classe mystère.

– N'oubliez pas vos sacs dans le car et venez récupérer vos valises. Puis vous monterez vous installer dans vos chambres, ordonne M. Taquet.

Les chambres des filles sont au premier étage, celles des garçons au second. Elles sont meublées de lits superposés. Chaque étage a une salle de bains avec un long lavabo à plusieurs robinets et quatre douches. Au rez-de-chaussée se situent la cuisine, le réfectoire et un salon où les maîtres et les maîtresses se réunissent.

Mme Durand, qui les a juste accompagnés et repart le lendemain, les attend au pied de l'escalier, entourée d'un gros monsieur chauve souriant, d'une petite dame, un peu ronde elle aussi, portant une belle blouse rose et d'un jeune homme grand et décontracté, au regard amusé.

– Voici monsieur Bonvoisin qui s'occupe du Loup Pendu pendant l'année et veille à ce que tout fonctionne. S'il y a des lavabos bouchés ou des volets qui ferment mal, c'est à lui que vous en parlerez, et voici madame Bonvoisin, qui préparera vos repas et vos goûters. Croyez-moi, vous allez vous régaler.

– Il paraît qu'elle fait des gâteaux délicieux, glisse Laure à l'oreille de Clothilde.

– Et voici Baptiste qui viendra vous aider à explorer le parc, collecter des plantes et des insectes. Il est étudiant comme Xavier et Lætitia, mais il connaît le Loup Pendu mieux que nous tous. Il est né à Chanceaux, le village voisin.

– Il est super sympa, annonce Ludovic, dont le frère était en colonie de vacances au Loup Pendu l'été dernier.

– Et maintenant, continue Mme Durand, je vais désigner les chefs de chambre. Ils choisiront ceux qui partageront la chambre avec eux.

Jamais elle n'a obtenu si vite le silence.

– Stéphanie Bellemont, Katia Lenormand, Ariane Foltz, Alice Schweitzer, Clothilde Reggiani...

Ouf ! Laure est soulagée, Clothilde est nommée chef de chambre, elles sont sûres d'être ensemble. En plus de Laure, Clothilde choisit Anne-Charlotte qui est sympa et pas rapporteuse et Anita qui est amusante.

– Pour les garçons, continue Mme Durand, Frédéric Guillou, Ronald Lajaunie, Kevin Schuster, Nicolas Parmentier et John Lanoy.

C'est la catastrophe ! Les garçons de la bande vont être séparés puisque deux d'entre eux, John et Nicolas, sont nommés chefs de chambre.

– Ah non ! proteste John.

– Comment ça non ? s'étonne Mme Durand.

– Je ne peux pas être chef de chambre.

– Et pourquoi, s'il te plaît ?

– Je suis nul comme chef, personne ne m'écoute. Je passe ma place à... Bertrand Legoff, il est plus responsable que moi.

– Je veux bien, dit Bertrand tout fier, avant que Mme Durand ait pu ajouter un mot.

Les six copains applaudissent bruyamment, en scandant :

– Bertrand, Bertrand...

M. Taquet n'est pas dupe.

– D'accord, dit-il, mais vous prendrez la chambre 4, à côté de celle de Xavier, qui surveillera l'étage des garçons.

Tout le monde est installé, les vêtements rangés dans les armoires et les affaires personnelles dans les tables de nuit, quand sonne la cloche du dîner.

Au réfectoire, on peut s'asseoir où on veut, comme à la cantine, autour de grandes tables rectangulaires.

M. Taquet explique que chaque table nommera un chef de table pour la journée, il sera chargé d'aller à la cuisine chercher les plats que lui donnera Mme Bonvoisin.

Clothilde, chef de table pour ce soir, rapporte une soupière fumante.

– Il y a plein de bonnes choses dans la cuisine, dit-elle. J'ai aperçu des petits gâteaux posés sur des plateaux et des tas de pots de confiture sur les étagères. Je crois que c'est pour le goûter.

– Il paraît que l'escalier du donjon part du fond de la cuisine, tu l'as vu ? demande Nicolas.

– Il a l'air minuscule.

– C'était comme ça dans les châteaux forts.

– Il y a même des meurtrières dans les murs.

– Et dans la salle de jeux, la cheminée est tellement grande qu'on peut se tenir debout à l'intérieur, explique Ludovic.

– Julie, ma grande sœur, ne s'est jamais autant amusée qu'au Loup Pendu, ajoute Laure.

Après ce voyage fatigant, tout le monde s'est couché tôt. Enfoncée jusqu'au cou dans ses couvertures car il ne fait pas très chaud dans la chambre, Laure pense à sa mère qui est toujours pressée mais peut rester longtemps avec elle le soir à l'écouter raconter sa journée, à son père qui rentre souvent tard du bureau mais les emmène en forêt pour de grandes balades. Sa famille lui manque un peu, pourtant elle est très contente de passer deux semaines avec ses meilleurs amis.

En dessous d'elle, Clothilde n'arrête pas de se tourner et se retourner dans son lit en poussant de gros soupirs.

– Ça ne va pas Clothilde ? Tu es triste ?

– Je n'arrive pas à dormir. Mon lit est trop dur et j'ai faim. Je n'ai pas beaucoup dîné. Avec les bonbons du car j'avais un peu mal au cœur, mais maintenant j'ai un petit creux.

– Va à la cuisine chercher des gâteaux.

– C'est défendu, je vais me faire punir.

– Ils sont tous couchés, personne ne te verra.

– Tu crois ?

– Mais oui, la chambre de Lætitia, notre accompagnatrice, est à l'autre bout du couloir et les maîtresses dorment au troisième, au-dessus des garçons. Tu ne risques rien.

– D'accord, j'y vais.

Laure se renfonce dans ses draps, pas très fière. Clothilde est peureuse, elle devrait l'accompagner, mais elle n'a pas envie de quitter son lit bien chaud. Elle n'a pas le temps d'avoir davantage de remords, elle entend Clothilde remonter l'escalier à toute vitesse.

– Déjà ! Tu as rencontré une maîtresse ?

– Non, ce n'était pas une maîtresse… c'était quelqu'un qui ne faisait pas de bruit… qui se déplaçait dans le noir…

– Où ça ?

– Dans la cuisine. C'était comme une ombre grise qui avançait sans bruit.

– Il t'a attaquée ?

– Mais non, il a disparu d'un coup. J'ai eu l'impression qu'il s'évaporait.

– Tu veux dire qu'il n'était pas… réel ?

– Oui, avoue Clothilde dans un souffle.

– Le fantôme… murmure Laure. Tu crois que c'est le fantôme du Loup Pendu ?

– J'en sais rien, mais ce n'était pas un être normal.

– Peut-être qu'il reviendra.

– Ah non, je ne redescends pas.

– Pas ce soir, bien sûr, mais demain, avec les autres. Si on est nombreux, on ne risque rien.

– On verra, grommelle Clothilde.

« Clothilde est géniale, se réjouit Laure, elle découvre le jour de notre arrivée un mystère à éclaircir. »

Un plan qui mène loin

Au Loup Pendu, les élèves ont classe le matin et l'après-midi est consacré à d'autres activités : cueillir des plantes pour fabriquer un herbier, attraper des larves dans la mare pour les identifier, visiter le vieux moulin, observer les oiseaux avec des jumelles, et les étoiles si le ciel est clair…

Ce premier matin, après la classe, M. Taquet et les maîtresses réunissent les élèves dans la salle de jeux et leur expliquent qu'ils vont devoir tracer un plan du château à l'échelle 1/1 000. C'est un travail compliqué, aussi vont-ils travailler en équipe de dix, chaque équipe disposera d'une chaîne d'arpenteur.

– Autrefois ces chaînes étaient composées d'anneaux de métal, explique M. Taquet. Aujourd'hui ce sont de longues bandes de tissu de dix mètres enroulées comme un ruban. Chaque groupe sera aidé par un adulte.

Le problème, c'est que leur bande ne comporte que huit membres et qu'ils n'ont pas envie d'en accepter d'autres.

– On pourrait dire que Quentin compte pour deux, suggère Gilles, il est tellement agité.

– Et moi je suis costaud pour deux, affirme Ludovic.

– Désolé, dit Baptiste qui les accompagne, mais monsieur Taquet a précisé dix.

– On prend Anne-Charlotte, propose Laure, elle est gentille, elle ne fera pas d'histoires.

– On est assez nombreux comme ça, négocie Ken.

Baptiste ne sait pas quoi répondre, mais quand M. Taquet vient leur remettre la chaîne d'arpenteur, il recompte les élèves.

– Vous n'êtes que neuf.

– Ça suffit, m'sieur, on est très débrouillards.

– On a dit dix. Tenez, Bertrand Legoff n'a pas encore trouvé de groupe, prenez-le avec vous.

– Ah non pas lui ! protestent les huit en même temps.

– Bertrand est un gentil garçon, décrète le maître. Il se fait un peu remarquer, d'accord, mais c'est un bon élève, il vous sera utile. Vous êtes une bande de copains, vous ne vous rendez pas compte comme on est triste quand on est seul.

– C'est sa faute si personne ne veut de lui, explique Quentin. C'est un fayot et il fait la morale à tout le monde.

– Un petit effort. Je suis sûr qu'il vous en sera reconnaissant.

– Ça m'étonnerait, gronde John derrière le dos de M. Taquet.

Mais M. Taquet se contente de sourire.

– Bon, c'est d'accord, on va faire un effort, accepte finalement Nicolas.

Bertrand Legoff prend une mine modeste quand il les rejoint. Baptiste leur remet des grandes feuilles de papier quadrillé, il explique le principe de l'échelle : dix mètres, la longueur de la chaîne, feront un centimètre sur le plan.

– Pourquoi ça s'appelle une échelle ? s'étonne Quentin. On ne peut pas grimper dessus.

– C'est une convention, répond Baptiste.

– C'est très pratique, ne peut s'empêcher d'ajouter Bertrand Legoff. On n'a pas besoin d'immenses feuilles de papier pour représenter des terrains ou des maisons.

– Et pourquoi pas ? On comprendrait.

– Mais tu n'aurais jamais assez de place pour les étaler. C'est pourtant simple.

– Tu trouves ça simple de changer des tas de mètres en petits centimètres ?

– Il suffit de décaler la virgule, déclare Bertrand dédaigneux.

Nicolas attrape Quentin par le bras juste avant qu'il ne se jette sur Bertrand.

Dessiner le château se révèle très compliqué. Baptiste les aide pour tracer les angles, mais c'est à eux de trouver les bonnes longueurs. Le plus dur, c'est de dessiner le donjon avec sa forme ronde. Ils refont trois fois leur croquis. Ils ont tous envie d'arrêter quand Anne-Charlotte se prend les pieds dans la chaîne d'arpenteur qui traîne par terre et se tord la cheville. Baptiste doit la conduire à cloche-pied à l'infirmerie.

– Allez dans la salle de jeux mettre vos plans au propre. Je vous rejoins plus tard, annonce-t-il.

Personne ne bouge.

– Il est grand, le parc ? demande John.

– Trois hectares, assure Bertrand Legoff.

– Des hectares, ça ne veut rien dire, affirme Quentin. Il faut marcher combien de temps pour faire le tour ?

– Ben… ça dépend de la vitesse à laquelle tu marches, répond Bertrand.

– On essaie ? propose Gilles.

Gilles commence à en avoir assez. Il n'attend pas la réponse de ses copains et se met en route. Laure lui emboîte le pas, elle aussi les trouve fatigants. Les autres suivent.

– Ce grand mur fait tout le tour du domaine ?

– Pour qu'on ne se sauve pas, explique Nicolas.

– Bof, si on veut l'escalader, c'est facile, dit Ludovic en s'agrippant aux pierres mal jointes.

Mais il parvient à peine à grimper d'un mètre et doit redescendre.

– Par là, crie Ken qui est parti devant, il y a un trou dans le mur.

Il faut s'enfoncer dans un bosquet de jeunes châtaigniers pour découvrir une brèche dans la muraille. Des ronces ont poussé dans les fissures laissées par les pierres effondrées.

– On va voir où ça mène ? propose Laure.

– Il est interdit de sortir de la propriété, rétorque Bertrand.

– Tu peux rester si tu veux, lance John agacé.

Bertrand se garde de répondre mais il les suit. L'un après l'autre, ils se hissent jusqu'au passage, s'égratignent les mains, font quelques accrocs à leur pantalon et redescendent au milieu d'un bois envahi de repousses de châtaigniers, de fougères et de ronces. Laure passe devant. C'est elle qui a décidé de sortir du parc, à elle d'explorer le territoire. Ludovic la rejoint.

Ils parviennent vite à un champ cultivé bordé par un chemin de terre au bout duquel se niche une petite chapelle, isolée au milieu des cultures.

– C'est bizarre une chapelle à cet endroit. D'habitude, elles sont au milieu des villages, remarque Nicolas.

– Ou dans les châteaux, ajoute Gilles. Mais celui du Loup Pendu n'en a pas.

– Elle n'est pas loin, c'était peut-être celle du château autrefois, suppose Clothilde.

– Je ne crois pas, dit Nicolas, elles sont toujours attenantes au logis du seigneur. Ce sont les paysans et ses vassaux qui viennent à la chapelle du château, pas le seigneur qui se déplace.

– On va la visiter ? suggère Gilles, qui a deviné que Laure en meurt d'envie.

– Il est déjà quatre heures, s'inquiète Clothilde. Si on ne revient pas pour le goûter, on aura des ennuis.

Bertrand Legoff ouvre la bouche pour insister, puis il la referme. Laure a envie de rire.

– On se dépêche, assure Gilles.

Ludovic arrive le premier devant la porte en bois plein.

– Fermée ! constate-t-il déçu.

– Il y a une petite fenêtre pas très haute, remarque Ken. Si on fait la courte échelle, quelqu'un peut y accéder.

– Je grimpe, décide Clothilde.

Elle est la plus légère, et elle veut montrer aux autres qu'elle n'a pas peur. Ludovic lui tend ses deux mains croisées, elle y pose le pied et se hisse jusqu'à la fenêtre.

– C'est sombre à l'intérieur, je vois juste un autel en pierre, mais il n'y a rien dessus, ni nappe ni fleurs… Par contre il y a un escalier qui descend à gauche de l'autel.

– Il y a une crypte ! ne peut s'empêcher d'annoncer Bertrand Legoff.

– C'est quoi ?

– Une chapelle souterraine.

– Il y a aussi une clef, annonce Clothilde.

– Où ça ?

– Posée sur le rebord de la fenêtre.

– C'est peut-être celle de la porte. Descends-la.

Si elle voulait rentrer pour le goûter, Clothilde aurait dû se taire. Mais elle savait que la clef intéresserait ses copains. C'est une grosse clef de fer, et elle ouvre la porte. Il fait froid à l'intérieur. Il n'y a effectivement rien à voir, sauf l'escalier. Quentin commence à descendre.

– C'est sombre, je vais me casser la figure.

– Attends, j'ai des allumettes, annonce Ken.

À la lueur de la première allumette, d'une deuxième et d'une troisième, ils descendent les quelques marches qui mènent à une salle au plafond voûté, supporté par deux gros piliers ronds.

– C'est ça, une crypte ? demande Laure à Bertrand.

– Je crois, il devait y avoir un autel autrefois, mais il a peut-être été enlevé.

– Il y a une autre porte, annonce John. Fermée elle aussi.

– Où peut-elle bien conduire ?

– Sous terre, annonce Quentin d'une voix sinistre.

– Je parie que la clef est cachée quelque part, dit Ken.

À la lueur vacillante des allumettes, ils tâtonnent dans les recoins. C'est John qui la trouve, sous une grosse pierre sculptée posée avec d'autres, contre le mur.

En approchant l'allumette enflammée de la porte, ils distinguent une serrure, y enfoncent la clef qui tourne facilement. Dans un grincement sinistre, la porte s'ouvre sur le noir total.

– Un souterrain ! s'exclament Gilles, Laure et Nicolas en chœur.

– Je parie qu'il conduit au château, dit John. C'était un chemin secret pour s'évader en cas d'attaque ou de siège !

– La serrure a été huilée, remarque Bertrand.

– Donc on s'en sert toujours.

– Le fantôme ! s'écrie Laure. C'est par là qu'il est arrivé dans la cuisine du château.

– Quel fantôme ? demandent les garçons.

– Celui que Clothilde a vu hier soir, on va vous expliquer. Mais maintenant il faut rentrer, sinon on aura des ennuis.

Ils referment la porte de la crypte, replacent la clef sous la grosse pierre, referment la chapelle, et Clothilde, hissée par Ludovic, remet l'autre clef à sa place. En arrivant à la brèche dans le mur d'enceinte, Nicolas prend Bertrand Legoff par le bras.

– Écoute-moi, Legoff, si tu racontes ce qu'on a fait aujourd'hui, tu quittes l'équipe.

– Je vous jure que je ne dirai rien, bafouille Bertrand. D'ailleurs c'est moi qui vous ai donné l'idée de descendre dans la crypte.

Ce n'est pas tout à fait vrai, mais ça signifie qu'il se sent solidaire.

« Si ça lui fait plaisir », pense Laure.

La légende du Loup Pendu

– Alors, ce fantôme ? demande Nicolas à voix basse, quand ils se retrouvent dans la salle de jeux, leur plan du château étalé devant eux.

– C'est une ombre grise que j'ai aperçue à la cuisine hier soir.

– Qu'est-ce que tu faisais à la cuisine ?

Clothilde explique qu'elle avait faim et qu'elle est descendue chercher des gâteaux.

– J'ai eu l'impression qu'il s'évanouissait dans les murs, poursuit-elle, mais quand j'ai revu la cuisine éclairée ce matin, j'ai pensé qu'il avait disparu par l'escalier du donjon.

– Qu'est-ce qu'il y a sous le donjon ?

– Une salle basse où on rangeait les provisions autrefois, explique Bertrand Legoff.

– Et si le souterrain qu'on a découvert dans la crypte aboutissait là ?

– Peut-être, c'est la partie la plus ancienne du château.

– Un souterrain qui daterait du Moyen Âge se sera sûrement effondré, avertit Bertrand Legoff.

– À moins qu'on l'ait entretenu, coupe John agacé.

– Il faut aller visiter la salle basse ! déclare Laure.

Leur maîtresse est occupée auprès d'un autre groupe, mais s'ils partent tous ensemble, ça se remarquera.

– Je fais semblant d'aller aux toilettes et j'y vais, annonce Laure.

– Je t'accompagne, décide Clothilde. C'est moi qui ai vu le fantôme, je pourrai te dire par où il a disparu.

– C'est pas juste, proteste Quentin, je voulais y aller aussi.

– Pour accompagner Laure aux toilettes ? se moque Ken.

Dans les couloirs, les filles ne croisent personne. À cette heure, la cuisine est vide, Mme Bonvoisin n'a pas commencé à préparer le dîner.

– Il était là, à côté du réfrigérateur. Et c'est par là qu'il a disparu.

Effectivement, une porte donne sur un escalier de pierre en colimaçon très raide. Heureusement il y a de la lumière. Les filles parviennent sans difficulté à l'étage en dessous. La pièce est ronde et close, on y trouve des casiers à bouteilles vides, des chaises de bois noircies par l'humidité, un buffet où sont rangés quelques outils. À côté du buffet, une épaisse porte de bois est encastrée dans le mur.

Mais la porte est bien verrouillée. Et cette fois, elles ne découvrent aucune clef à proximité.

– Il n'a pu partir que par là, dit Laure.

– Sauf si c'était un vrai fantôme.

– Les fantômes n'existent pas ! affirme Laure.

– Pourtant ceux qui viennent en colo prétendent qu'on le voit quelquefois.

Laure se promet d'interroger Baptiste qui sait tout sur le Loup Pendu. Il y a bien des châteaux où, paraît-il, on a réussi à photographier des lueurs qu'on prétend être des fantômes.

– Je pense plutôt que quelqu'un se cachait là et a attendu que tu files pour remonter, assure-t-elle à Clothilde.

– Peut-être, mais j'ai aussi entendu un bruit bizarre.

– Tu ne m'en as pas parlé hier !

– J'avais peur que tu te moques de moi. C'était un bruit métallique, j'ai cru que c'étaient ses chaînes… Tu sais, les fantômes se promènent parfois avec des chaînes aux pieds.

– Dans les dessins animés. À mon avis, c'était sûrement un bruit de clef.

– C'est toi, Ernest, qui es à la cave ? demande alors la voix de Mme Bonvoisin, du haut de l'escalier.

– Euh… non, ce n'est pas monsieur Bonvoisin, c'est nous, avoue Laure en remontant aussitôt.

– Qu'est-ce que vous fabriquez en bas ?

– On voulait visiter, explique Laure en prenant un air penaud.

– Il est strictement interdit aux élèves de descendre dans la salle basse.

– Pourquoi ? demande Clothilde.

– À cause de l'escalier qui est très raide et des souterrains.

– C'est pour ça que la porte est fermée à clef ?

– Absolument. Ces souterrains sont très anciens, à moitié effondrés, des gens y sont morts, explique-t-elle. Et maintenant filez, je ne veux pas vous voir ici avant le dîner.

Laure voudrait bien savoir qui est mort dans ces souterrains et pourquoi, mais Mme Bonvoisin risque de se douter qu'elle s'y intéresse un peu trop. Elle prend Clothilde par la main et elles regagnent vite la salle de jeux en courant.

– C'était bien ce qu'on pensait, annonce-t-elle aux garçons. Il y a une porte dans la salle basse du donjon qui ouvre sur les souterrains. Mais elle est fermée à clef et, cette fois, il n'y a pas de clef cachée à proximité.

Bien sûr, leur plan du château n'est pas bon du tout. Ils ont la plus mauvaise note.

– Il faut essayer de se rattraper demain, dit Bertrand très ennuyé.

– On est en classe verte, pas à l'école. Les bonnes notes on s'en fiche, assène Ludovic.

Pour Bertrand, c'est une révolution. Il déteste avoir des mauvaises notes, il a l'impression d'être nul. Mais comme c'est la première fois de sa vie qu'il a autant de copains, enfin presque des copains, il baisse le nez et garde ses réflexions pour lui.

– Ben dites donc, vous ne vous êtes pas donné beaucoup de mal !

Baptiste fait le tour des groupes pour examiner leur travail.

– C'est pas notre faute, explique Ken, tu nous as laissés pour accompagner Anne-Charlotte à l'infirmerie.

– Vous n'avez pas fait grand-chose après mon départ.

– Trop dur, soupire Quentin. Mesurer les longueurs, les changer en centimètres, c'est un travail de collégien…

Baptiste passe la main dans les cheveux de Quentin.

– Toi, tu ressembles à ta sœur, elle aussi préférait jouer.

– Tu as connu mon frère Marc peut-être ? demande Laure.

– Marc Meunier ? Un beau chahuteur. C'est lui qui avait installé le heaume avec la bougie sur la fenêtre de la chambre des filles.

L'hypocrite, il ne l'a jamais dit.

– Et le vrai fantôme, tu l'as vu ?

– Hélas non, rit Baptiste, mais mon arrière-grand-père qui était l'intendant de M. de la Vergne, le propriétaire du château, racontait qu'une ombre venait parfois errer dans les couloirs.

– Il l'a rencontrée ?

– Peut-être. Quand elle était petite, ma grand-mère en avait très peur. Il lui disait que c'était sans doute l'âme d'un seigneur du XVe siècle massacré par les Écorcheurs.

– C'étaient qui, les Écorcheurs ? demande Bertrand Legoff.

– D'anciens soldats qui n'avaient plus de travail car la guerre de Cent Ans était terminée. Alors, pour avoir de l'argent, ils sont devenus brigands. Ils couraient en bande à travers la campagne, pillaient les réserves, tuaient les gens, brûlaient les maisons et, quand les villageois se réfugiaient au château, ils attaquaient le château. Leur chef, le bâtard de Bourbon, était un géant féroce.

– Ils sont venus au Loup Pendu ?

– La femme et les deux fils du comte ont réussi à s'enfuir par les souterrains infestés de rats et de souris, mais lui est mort avec ses soldats, et le château a été pillé et brûlé. Il ne reste que le donjon. Le bâtiment dans lequel vous habitez a été reconstruit cent ans plus tard.

– Et les souterrains, ils existent toujours ?

– Oui, mais on les a fermés. On ne sait pas dans quel état ils sont aujourd'hui.

– Ils n'ont plus jamais resservi ?

Laure sent que Baptiste hésite.

– Si, pendant la dernière guerre, se décide-t-il.

– C'étaient des passages secrets ?

– Des cachettes, pour des gens que les Allemands recherchaient, des parachutistes anglais, des résistants…

– C'est ton arrière-grand-père qui te l'a raconté ?

– C'est ma grand-mère qui me l'a expliqué. Monsieur de la Vergne était veuf, il vivait seul ici, mon arrière-grand-père l'aidait, ils étaient devenus amis. C'est ensemble qu'ils ont décidé de réparer les souterrains et de les ouvrir à ceux qui étaient pourchassés.

– Les Allemands ne s'en sont jamais doutés ?

– Si, à la fin de la guerre. Ils ont arrêté monsieur de la Vergne et mon arrière-grand-père. Mais ceux qui étaient dans les souterrains ont eu le temps de s'enfuir.

– C'est à ce moment que ton arrière-grand-père est mort ?

– Oui, lui et monsieur de la Vergne ont été exécutés.

Pour protéger les gens qu'il cachait, pense Laure. C'est un acte héroïque, Baptiste doit en être fier. Mais Baptiste semble tout à coup beaucoup plus intéressé par le bruit d'une mobylette qui entre dans la cour. Il jette un coup d'œil par la fenêtre et son visage s'anime. Discrètement Laure s'approche. Une jeune fille en jean et large tee-shirt violet gare sa mobylette contre le mur de l'écurie. Quand elle retire son casque, un flot de cheveux blonds s'en échappe.

Une pêche miraculeuse

Ils n'ont plus parlé des souterrains de la soirée. Pendant le dîner, ils avaient peur d'être entendus des tables voisines et, au cours de la veillée, ils se sont tellement amusés qu'ils n'y ont plus songé.

Mais une fois dans son lit, Laure repense au rire de Baptiste quand elle a parlé du fantôme.

C'est sûr, il n'y a pas de fantôme, le visiteur nocturne de la cuisine est une personne normale qui utilise les souterrains du Loup Pendu. Pour s'y cacher, comme les parachutistes anglais pendant la guerre ? Ou pour y cacher quelque chose ?

En tout cas, ces souterrains ne sont ni en ruine ni abandonnés. Ce serait amusant de les explorer.

Elle sait où trouver une torche électrique, elle en a vu une dans le vieux buffet de la salle basse du donjon.

Mais le lendemain, ses copains sont trop excités par la visite du moulin pour l'écouter. Il a été construit sur la rivière, à un peu plus d'un kilomètre du château. Pendant qu'ils s'y rendent à pied, M. Taquet explique que c'était autrefois un moulin « banal », c'est-à-dire qu'il appartenait au seigneur. Les paysans devaient payer à chaque fois qu'ils voulaient moudre leur grain.

– Je comprends qu'on ait fait une révolution pour se débarrasser des nobles, dit Nicolas, dont le père est professeur d'histoire.

La grosse roue de bois à ailettes que le courant fait tourner est fixée sur le mur du moulin d'un côté et sur une digue de pierres de l'autre.

– Vous vous mettez par groupe pour le visiter car on ne peut pas tenir à plus de dix à l'intérieur, explique M. Taquet. Les groupes qui attendent en profiteront pour observer la roue. Nous essaierons d'en faire une maquette en rentrant.

Laure et ses copains sont le groupe numéro trois, ils ont une bonne demi-heure à attendre.

– Venez, on va regarder comment est fabriquée cette roue, propose Nicolas.

Ils s'approchent de la petite digue qui sépare la rivière en deux. À côté du bras le plus important, il y a un autre plus étroit qu'on appelle un bief, a expliqué M. Taquet, où le courant est plus calme et qui entraîne la roue.

– C'est plein de poissons ici, remarque Ken en désignant des ombres mouvantes contre la digue.

– Si on essayait de les attraper ? propose John.

– Tu rigoles ! Les poissons se sauvent dès que tu mets la main dans l'eau.

– Ça dépend comment tu t'y prends. Si tu parviens à glisser ta main sous le poisson sans qu'il te voie, tu as des chances.

– Chiche que j'en attrape un ! crie Quentin.

– Chiche que j'y arrive avant toi, répond Nicolas.

Les deux garçons s'allongent à plat ventre sur la digue, remontent leurs manches et enfoncent les bras dans l'eau, les doigts tendus vers les poissons qui ne semblent pas inquiets.

– Tu as vu le super gros, là à gauche près du caillou vert ?

– Le monstre ! Je vais l'avoir !

Quentin enfonce son bras dans l'eau jusqu'à l'épaule.

– Hé, tenez-moi les pieds, je glisse.

Ken, John et Gilles s'accrochent à ses pieds et Quentin plonge les deux mains dans la rivière, provoquant tant de remous que le gros poisson s'éloigne.

– Tu n'attraperas rien comme ça, fait derrière eux une voix pleine d'assurance.

Accroupi sur ses talons, Bertrand Legoff observe les gesticulations de Quentin. Voilà un moment qu'il se retient d'intervenir.

– Un poisson, c'est aussi difficile à capturer qu'un oiseau, il faut avancer très doucement, continue-t-il.

– Ben vas-y, montre-nous si tu es si fort, s'énerve Quentin.

Bertrand aurait dû se taire. Il n'a pas envie de se tremper, mais s'il refuse, il passera pour un prétentieux et un dégonflé. Il ôte sa doudoune, retrousse ses manches, s'allonge sur la digue et plonge les bras dans l'eau.

– Elle est glacée !

– Tu croyais peut-être entrer dans ton bain ! rigole Ken.

– Avec de la mousse parfumée ! ajoute John.

Piqué au vif, Bertrand se penche un peu plus.

– Hé, Legoff, regarde, voilà le gros que Quentin a loupé.

L'ombre du gros poisson se déplace légèrement, à reculons, vers la main tendue de Bertrand. Tous sont penchés au-dessus de lui, observant les mouvements de l'animal.

Bertrand avance lentement la main.

– Zut… il s'en va !

– Non, regarde, il revient.

– Je l'ai senti au bout de mes doigts !

– Le voilà, il revient vers toi !

– Ça y est, je le tiens, crie le pêcheur.

Il s'étire au maximum et referme la main sur la proie glissante. Mais la digue aussi est glissante et personne ne tient les pieds de Bertrand qui bascule dans l'eau la tête la première, à la suite de son poisson.

Il disparaît dans une grande gerbe d'eau, puis réapparaît en criant « Je coule », tout en brandissant son poisson au-dessus de lui.

Nicolas et Ludovic se regardent, ôtent leurs blousons d'un geste décidé et sautent à l'eau.

– Tiens bon Legoff, on arrive !

Heureusement la rivière n'est pas profonde et le courant est faible. Par endroits, ils ont même pied, mais un sauvetage, ça se fait dans les règles, ils l'ont appris au cours de natation. Les deux sauveteurs agrippent Bertrand chacun par un bras et le traînent jusqu'à la berge. Laure et les jumeaux le hissent hors de l'eau. Ruisselant, Bertrand s'effondre sur l'herbe de la rive, son poisson agité de soubresauts toujours serré dans sa main. Les deux héros sortent de l'eau, gelés mais pas peu fiers.

Les cris des autres élèves font accourir les enseignants qui les enveloppent de leurs anoraks et de leurs doudounes.

Heureusement, le gardien du moulin a une voiture. On y enfourne les trois garçons et on les ramène dare-dare au Loup Pendu où ils prennent une douche chaude puis s'habillent de sec. Mme Bonvoisin les oblige à avaler un chocolat bouillant et promet de vider le poisson et de le faire cuire, même s'il paraît que c'est un poisson plein d'arêtes et immangeable.

Bertrand n'en revient pas. Non seulement il a fait quelque chose de strictement défendu, mais il a réussi à attraper le poisson et Nicolas et Ludovic se sont jetés à l'eau pour le tirer de là. C'est la première fois que des copains se donnent du mal pour lui. Il se sent bizarre, léger et heureux, comme il ne l'a jamais été.

Nicolas et Ludovic essaient de prendre des mines modestes pour affirmer que c'était naturel parce qu'ils sont les meilleurs nageurs de l'équipe de poussins de Montaigu, mais c'est difficile de ne pas voir qu'ils éclatent de fierté.

Un fantôme affamé

Mme Bonvoisin n'est pas contente, une partie des sablés qu'elle a préparés la veille a disparu.

– Si les enfants n'ont pas assez à manger, qu'ils le disent, se plaint-elle à Mme Jacquet. Mais qu'ils ne viennent pas chiper des provisions à la cuisine, j'ai horreur de ça.

Laure, qui est chef de table, l'a entendue en allant chercher le dessert.

– C'est toi ? demande-t-elle à Clothilde en se rasseyant.

– Ça va pas ! Je n'ai pas mis les pieds à la cuisine depuis que madame Bonvoisin nous a surprises dans le donjon. Et si j'y étais allée, je te l'aurais dit. Mais ce n'est pas forcément un élève.

– Un adulte ? Tu crois ?

– Et si le fantôme avait faim ? Quand je l'ai aperçu, il était à côté du frigo.

Après le déjeuner, les élèves sont installés dans la salle de jeux avec des feuilles de carton, des baguettes de bois, de la colle, des ciseaux. Par groupe de dix, sous la direction d'un enseignant ou d'un animateur, ils essaient de fabriquer des roues à aubes.

Ce n'est pas facile. Quand ils ont enfin réussi à monter une partie de la roue, elle se tord ou s'effondre lorsqu'ils veulent y ajouter des ailettes. Les garçons en ont assez, John et Quentin avec deux fines baguettes font semblant de se battre à l'épée.

Bertrand Legoff et Anne-Charlotte, qui ne peut pas venir en promenade avec son pied bandé mais les rejoint pour les activités, sont les plus appliqués.

Heureusement, Baptiste est là pour les aider. Avec lui les morceaux de carton se collent, les baguettes adhèrent au carton, et leur roue peu à peu se construit.

Laure s'est assise à côté de lui.

– C'est bizarre tu ne trouves pas, ces vols de gâteaux.

– Ce n'est pas bien grave, mais ce n'est pas gentil pour madame Bonvoisin.

– Je ne crois pas que ce soit un élève, continue Laure.

– Tu penses que monsieur Taquet descend piller le réfrigérateur en pleine nuit ? demande Baptiste en riant.

– Pas lui, le fantôme.

– Décidément, ça t'obsède.

– Un faux fantôme, bien sûr, qui vient la nuit quand tout le monde dort. Clothilde l'a aperçu une fois.

Les yeux de Baptiste deviennent des fentes soupçonneuses.

– C'est quoi, cette histoire ?

– Clothilde avait très faim et quand elle est descendue la nuit dans la cuisine, elle a aperçu quelqu'un s'engouffrer dans l'escalier du donjon.

– C'est étrange, murmure Baptiste songeur.

– N'est-ce pas ? continue Laure. Et le fantôme n'est pas remonté, Clothilde a juste entendu un bruit de clef dans une serrure. Tu crois qu'il a filé par les souterrains ?

Cette fois, Baptiste comprend la manœuvre de Laure.

– Qu'est-ce que tu veux savoir au juste ? demande-t-il prudent.

– Tu connais tout de l'histoire du Loup Pendu, tu dois bien te douter qui peut venir comme ça, et pourquoi.

– Je n'en ai pas la moindre idée, assure fermement Baptiste en la regardant dans les yeux.

– Mais tu sais peut-être où vont les souterrains, continue Laure tranquillement.

– Personne ne les a utilisés depuis la guerre, c'était il y a plus de soixante ans et j'ignore où ils débouchent. D'ailleurs ils doivent être en partie effondrés, c'est pour ça que leur accès est interdit.

Baptiste ne dira rien, d'ailleurs c'est l'heure de l'arrivée de la fille en mobylette, et dès qu'il entend le moteur il n'écoute plus Laure. S'ils veulent en savoir plus, ils devront se débrouiller seuls. En quittant la salle de jeux, Laure attire Clothilde à l'écart :

– On redescend à la cuisine cette nuit.

– Qui te dit que le fantôme reviendra ?

– Personne, mais j'ai l'impression que c'est un habitué. Il a les clefs, il n'allume pas, il sait où trouver des provisions. Et, en plus, Baptiste le connaît.

– Tu crois ?

– Il a pris un air beaucoup trop innocent pour affirmer qu'il ne savait pas qui pouvait utiliser les souterrains. Alors on y va ?

C'est difficile d'attendre que tout le monde dorme sans s'endormir soi-même. Laure sent ses paupières s'alourdir. En dessous d'elle, Clothilde donne de temps en temps des coups de pied dans son sommier pour la tenir éveillée. Anita et Anne-Charlotte n'arrêtent pas de bavarder, si elles continuent Laure va s'assoupir avant elles.

– Vous pouvez vous taire ? demande Clothilde.

Enfin les chuchotements cessent et bientôt les trois filles dorment à poings fermés. Clothilde doit secouer Laure pour la tirer de son sommeil.

– Tu viens ?

– J'arrive, j'arrive.

Mais Laure est mal réveillée, elle a oublié qu'elle se trouvait dans un lit superposé. Elle chute lourdement en essayant de mettre un pied par terre.

– Attention ! proteste Clothilde, on va nous entendre.

– Désolée, pas fait exprès.

Laure se relève, un peu hébétée. Heureusement Anne-Charlotte et Anita ont le sommeil profond. Avec Clothilde, elles se glissent hors de la chambre. À travers les hautes fenêtres, une superbe lune ronde éclaire l'escalier.

– Tout le monde dort, murmure Laure qui commence à se réveiller pour de bon.

Comme pour la contredire, une voix s'élève dans la nuit.

– Tenez-moi… je glisse… au secours…

– Bertrand ?

– Il rêve qu'il est encore dans la rivière.

Laure et Clothilde s'assoient sur les marches de l'escalier, l'oreille aux aguets, mais les cris de Bertrand n'ont alerté personne.

Avec précaution, elles cheminent jusqu'au rez-de-chaussée et se dirigent vers le réfectoire.

Les tables dessinent de longues taches claires qui permettent de se guider. Laure et Clothilde traversent la pièce en silence et pénètrent dans la cuisine.

– Il était debout à côté du frigo quand je suis entrée hier soir, murmure Clothilde.

– Il n'est pas encore là, en tout cas.

– Ce n'est peut-être pas son jour.

– Ou son heure.

– On va s'asseoir dans un coin et attendre.

Elles s'installent par terre, le dos contre la cuisinière encore tiède, car elles n'ont pas très chaud et n'ont pas pris la peine d'enfiler une veste ou un pull.

Le château craque de partout, le vent fait battre un volet mal fermé. Elles se blottissent l'une contre l'autre. Le ciel s'assombrit tandis que la lune se cache derrière les nuages. La tête de Clothilde tombe sur l'épaule de Laure qui vacille. Et peu à peu, appuyées contre la cuisinière, elles s'assoupissent.

Un claquement proche réveille Laure en sursaut. Une silhouette se déplace à l'autre bout de la pièce. Elle secoue Clothilde en lui soufflant à l'oreille :

– Il est là !

Elles écarquillent les yeux. La silhouette bouge, un grincement perturbe le silence.

– Il ouvre une porte de placard, murmure Laure.

Bien qu'elle ait parlé très doucement, le fantôme l'a entendue. Il s'immobilise, puis brusquement s'enfuit vers l'escalier du donjon où il disparaît.

– Vite, dit Laure, on le suit.

Clothilde est terrorisée, mais Laure la tire par la main. L'escalier de pierre en colimaçon est terriblement étroit. Pourtant Laure n'hésite pas, elle appuie sur l'interrupteur et dévale les marches.

Quand elle débouche dans la salle basse du donjon, la clef grince encore dans la serrure de la porte des souterrains, mais elle est déjà refermée.

– Trop tard. Je n'ai pas réussi à le voir.

– Tu es folle, il aurait pu te tuer !

– Mais non, c'est lui qui avait peur. Tu as vu comme il a filé.

Elle colle son oreille contre la porte de bois, mais elle n'entend rien.

– Il est déjà loin, dit Clothilde.

– À condition qu'il puisse sortir de l'autre côté. Sinon, il sera obligé de revenir.

– On ne va pas rester là à l'attendre ?

– Si on veut être sûres qu'il y a une autre issue, c'est le seul moyen. On ne restera pas longtemps.

– Une demi-heure, ça te va ?

Il y a des jours où Clothilde regrette d'être l'amie de Laure.

– Je vais te chercher des gâteaux, murmure Laure à son oreille. On dira que c'est le fantôme qui les a mangés.

Laure n'a pas que des défauts. Grâce aux délicieux sablés de Mme Bonvoisin, la demi-heure passe assez vite. Et le fantôme ne réapparaît pas.

– Il est sorti de l'autre côté, décide Laure.

– Par la chapelle, tu penses ?

– On vérifiera demain.

Une exploration risquée

Au petit-déjeuner, Clothilde et Laure obtiennent un beau succès en racontant leur expédition nocturne.

– Le fantôme est parti par les souterrains, donc ils sont tout à fait utilisables, conclut Laure.

– Tu veux vérifier ? suppose Nicolas.

– Pourquoi pas ?

– C'est trop dangereux, proteste Gilles. Tu te rends compte de la longueur du trajet entre la chapelle et le donjon.

– Ce n'est pas si long, négocie Laure, on a fait le chemin en quelques minutes avant-hier.

– Il y a sûrement des éboulements, insiste Clothilde.

– Non, le fantôme y circule sans problème.

– Tu n'es pas un fantôme !

– D'accord, admet Laure. Puisque vous ne voulez pas venir, j'irai toute seule. Vous resterez à côté de la porte pour que personne ne la ferme.

– Moi aussi j'ai envie d'explorer ces souterrains, proteste Quentin.

– Je viens avec vous, annonce Nicolas. Mais on va s'organiser.

Évidemment Ken, John et Ludovic ne peuvent plus refuser de les accompagner. C'est toujours pareil avec Laure, pense Clothilde, elle réussit à faire faire aux autres ce qu'elle veut.

– On est obligés de partir de la chapelle, rappelle Laure. On n'a pas la clef de la porte du donjon.

– On va prendre une lampe torche, continue Nicolas. Gilles et Clothilde, vous resterez dans la chapelle pour nous prévenir si quelqu'un arrive.

– Et si vous ne ressortez pas ?

– On ne restera pas longtemps, si on voit que les souterrains sont bouchés on revient.

– Et comment on fait pour s'échapper cet après-midi, avec la collecte des plantes ? demande Ken.

– On ira les ramasser au fond du parc, là où on ne peut pas nous voir, répond Quentin.

– Baptiste ne nous lâchera pas, avertit Gilles. Et depuis que vous avez plongé dans la rivière, monsieur Taquet nous a à l'œil.

Après le déjeuner, M. Taquet et les maîtresses appellent les élèves pour qu'ils se rassemblent devant le château. Sept paniers d'osier sont disposés sur un muret, chacun équipé d'une petite pelle et d'un rouleau de sopalin.

– Chaque groupe devra récolter une vingtaine de plantes différentes, explique M. Taquet. Attention, vous devez creuser soigneusement autour du pied pour rapporter les racines. Puis vous posez délicatement chaque plante dans le fond du panier, sur une feuille de sopalin. Après le goûter, nous les mettrons à sécher. Votre maîtresse ou votre accompagnateur vous aideront à choisir les plantes.

– On est coincés, murmure Quentin.

– J'ai une idée, dit John.

– Que chaque groupe vienne chercher son équipement.

Pendant que Nicolas et Ken récupèrent le panier et son matériel, une voix presque timide demande dans leur dos :

– Dites, je peux venir avec vous aujourd'hui aussi ?

– Legoff ? T'en as pas marre des mauvaises notes ?

– C'est pas si important, et puis je peux peut-être vous aider.

Ce n'est pas une vantardise, juste une offre de service.

– D'accord, accepte Laure, mais tu ne racontes rien de ce qu'on fait.

– Parce que vous retournez au souterrain ? murmure Bertrand un peu inquiet.

– T'as peur ?

Il hésite. Avant de se lancer.

– Un peu, mais j'aime ça, reconnaît-il.

Laure en reste bouche bée.

– Legoff nous accompagne ? s'étonne Nicolas, pas très ravi de le trouver là en rapportant le panier.

– Je ne dirai rien, assure précipitamment Bertrand. D'ailleurs, la dernière fois je n'ai rien dit à personne.

– Tu jures ?

– Je jure, sur la tête de ma mère !

Nicolas sourit et lui donne le panier à porter.

– C'est quoi ton plan ? demande Nicolas à John pendant que Baptiste les entraîne tous vers le parc.

– On rapporte le panier plein le plus vite possible. Puis on demande un ballon pour faire une partie de balle au prisonnier. On laisse Clothilde et Gilles en vue et nous, on file.

– Ça pourrait marcher, mais il nous faut une torche électrique.

– J'en ai vu une dans le buffet de la salle basse du donjon, dit Laure. Je vais la chercher.

Le plan ne fonctionne pas aussi bien que John l'avait pensé. Dans leur précipitation, ils arrachent quelques racines ou cassent quelques fleurs mais Baptiste veille. Il faut repartir chercher une plante semblable.

Personne ne râle, personne n'essaie de grimper aux arbres au lieu de collecter les plantes et, plus étonnant encore, il n'y a ni dispute, ni moquerie, ni bagarre.

À 15 h 15, le panier est rempli. Baptiste, rassuré par leur sérieux, leur donne volontiers un ballon pendant qu'il va déposer le panier dans la salle de jeux avec Clothilde et Gilles.

– On file, annonce Ken en lançant le ballon à son frère qui le renvoie à Ludovic tout en continuant à courir.

En quelques minutes, ils disparaissent derrière les arbres. Ils retrouvent tout de suite le passage dans le mur d'enceinte et le chemin qui descend à la chapelle. La clef de la porte est toujours dans la cachette près de la fenêtre.

Cette fois c'est Laure qui l'attrape, soutenue par Ludovic qui ne laisserait jamais un autre jouer ce rôle. La seconde clef est également sous le chapiteau brisé. Quand la porte des souterrains s'ouvre, une odeur de terre humide en jaillit. Personne ne se bouscule pour avancer. Laure éclaire devant eux.

– Des escaliers !

Quelques mètres plus loin, le tunnel semble plonger sous terre.

– Ça descend profond ? demande John pas très rassuré.

– On verra bien.

Laure ne peut plus se dégonfler maintenant. Nicolas et Ludovic la rejoignent.

– On y va, annoncent-ils ensemble.

L'escalier ne compte que quatre marches, il se prolonge par un couloir taillé dans la terre et les rochers. Les murs sont rugueux et irréguliers. La lampe à la main, Laure ouvre la marche, suivie par Nicolas, Ludovic, John et Ken. Bertrand, le dernier de la file, n'a pas ouvert la bouche depuis leur départ. Puis le souterrain tourne à gauche. Lorsque Laure et les deux garçons de tête bifurquent, les autres n'y voient plus rien, ils se bousculent, Bertrand bute contre une pierre et perd ses lunettes.

– Ne marchez pas dessus, supplie-t-il.

La petite troupe s'arrête, Laure balaie le sol avec le faisceau de la lampe jusqu'à ce que Nicolas aperçoive les lunettes aux pieds de Ken. Quand Laure braque à nouveau la torche vers le souterrain, il paraît immense et sans fin.

– Je n'ai pas trop envie de continuer, reconnaît Ken inquiet.

– On l'a vu, il est utilisable. Ce n'est pas la peine d'aller plus loin, enchaîne John.

Laure commence à se dire qu'ils n'ont pas tort.

– C'est idiot, coupe Quentin. Ce souterrain n'est pas dangereux, sinon on l'aurait muré. D'ailleurs les clefs et les serrures ne sont pas rouillées. Je suis sûr qu'il sert encore.

– Mais à quoi ?

– À cacher des choses, comme pendant la guerre, s'exclame Laure.

Et elle leur raconte ce que Baptiste lui a expliqué.

– Si des gens ont vécu cachés ici, il doit y avoir des pièces.

– Aujourd'hui, elles servent peut-être à des voleurs ! s'exclame Quentin.

– On sera récompensés si on rapporte leur butin, dit Ken.

– À moins qu'on le garde pour nous.

– C'est malhonnête, proteste Nicolas.

– Vous continuez si vous voulez, moi je rentre, décrète John. C'est bientôt l'heure du goûter, on va nous appeler.

– Moi aussi, je repars, dit Ken.

– Ce serait plus sage, reconnaît Nicolas.

– Je crois, ajoute Bertrand.

– D'accord, lance Quentin, vous prenez mon goûter et vous dites à Baptiste que j'arrive.

– Je reste avec toi, décide Laure.

C'est elle qui a insisté pour les entraîner ici, elle ne peut pas laisser tomber Quentin.

– Alors moi aussi, propose Nicolas.

– Il vaut mieux que tu ailles avec eux rapporter le ballon, explique Laure, on te croira si tu dis qu'on vous rejoint dans cinq minutes.

N'empêche, lorsque ses copains s'éloignent et qu'elle reste seule avec Quentin, Laure regrette d'avoir parlé si vite.

– On se dépêche, promet-elle en prenant Quentin par la main.

Ils marchent un moment côte à côte, mais le souterrain se rétrécit, Laure est obligée de passer devant avec la lampe.

– Tu y vois assez ? demande-t-elle.

– Ça va, répond Quentin dont la voix est soudain moins fanfaronne.

Le souterrain tourne de nouveau, il leur paraît interminable, puis une porte entrouverte apparaît dans le faisceau de la lampe.

– La cachette, là ! annonce Quentin. On l'a trouvée.

Le courage leur revient d'un coup, ils pénètrent dans une pièce encombrée de sièges de voitures, de caisses retournées et de cannettes vides. Il y a aussi des gâteaux et deux sweat-shirts posés sur un des sièges de voiture.

– Quelqu'un vit ici, conclut Quentin.

– Je ne crois pas. Il n'y a pas de lit ni de couverture, ni de quoi faire la cuisine... Mais il vient souvent. Les gâteaux ne sont pas secs. Ils ressemblent à ceux de Mme Bonvoisin.

Un vieux buffet de cuisine déglingué occupe le fond de la pièce.

– Qu'est-ce que le fantôme peut bien garder là-dedans ? demande Quentin en ouvrant la porte. Des tas de papiers ! Avec des dessins, on dirait des plans. Éclaire-moi, je ne vois rien.

– Mais j'éclaire. Zut, la lumière baisse.

La pile n'est pas usée, elle est morte. Et la lampe s'éteint...

Dans le noir

– On n'aurait jamais dû continuer tout seuls, murmure Laure.

– On arrivera bien à ressortir, bredouille Quentin. Il suffit de revenir sur nos pas.

– Tu les vois, toi, nos pas ?

– En tâtant les murs, on retrouvera la porte. Après, en suivant le souterrain, on reviendra jusqu'à la chapelle, espère Quentin.

Mais la pièce est terriblement encombrée, il n'est pas facile de s'y repérer. Ils butent contre les sièges sur le sol, puis sur une bouteille qui se brise. Laure sursaute, fait un écart, se cogne sur une caisse et manque de tomber.

– Je touche un mur, annonce Quentin soulagé. On n'a plus qu'à le suivre.

Guidée par la voix de Quentin, Laure parvient à le rejoindre. En contournant les obstacles, ils atteignent enfin la porte.

– À gauche ou à droite ? demande Laure.

– À droite, assure Quentin. On est arrivés par là.

Laure ne se souvient plus très bien, mais Quentin semble sûr de lui. Elle tourne à droite, une main sur le mur pour se guider. Ils marchent précautionneusement, guettant la lueur de jour qui devrait apparaître au bout du souterrain.

– Tu es sûr qu'on ne s'est pas trompés ? s'inquiète Laure, on devrait être arrivés au tournant.

– On marchait vite à l'aller, se souvient Quentin, c'est peut-être un peu plus loin.

À moins qu'ils soient partis dans la mauvaise direction. Laure s'immobilise, Quentin passe devant.

– On va bien arriver quelque part, dit-il pour les rassurer tous les deux.

Laure ne sait plus si elle doit retenir Quentin, ou lui faire confiance. Faire confiance à Quentin peut conduire à des catastrophes, elle l'a déjà expérimenté.

– Là, le mur tourne, annonce triomphalement Quentin, on est dans la bonne direction.

Puis il pousse un cri et lâche brutalement la main de Laure.

– Quentin, qu'est-ce qui se passe ?

Pas de réponse. Quentin a disparu dans le noir. Et s'il était tombé dans une oubliette ? se dit Laure, terrifiée au souvenir des dessins de cachots enfouis au fond de fosses profondes, dans son livre sur les châteaux forts.

– Quentin ? Où es-tu ?

Laure se met à genoux, tâtonne devant elle. Elle sent sous ses mains une dalle un peu surélevée, Quentin a dû buter dessus. Au bout de la dalle, le sol se dérobe. Immobile au bord du gouffre, elle sent la peur lui grignoter le ventre. Puis elle entend gémir un peu plus bas.

– Quentin, ça va ?

– Pas trop, je suis tombé dans un escalier de pierre.

Elle l'entend assez bien, il ne doit pas être loin.

– Fais attention, les marches sont raides.

Les mains de Laure descendent prudemment le long de la dalle et rencontrent la première marche.

– J'arrive, dit-elle.

Assise sur les fesses pour ne pas tomber, elle descend le plus vite possible. Elle compte six marches, c'est peu, mais elles sont très hautes.

– Je suis là, annonce Quentin.

Quand elle touche son bras, elle respire mieux.

– Tu t'es fait très mal ?

– Je me suis cogné contre les marches en dégringolant.

– Tu peux bouger ?

Elle l'entend qui remue les jambes, les bras.

– Tu as la force de repartir ?

Il se relève prudemment. Appuyé sur Laure, il fait quelques pas.

– J'ai mal partout.

– Rassieds-toi, on repartira quand tu iras mieux.

Laure s'assoit à côté de Quentin. Dans le noir elle ne peut pas lire le cadran de sa montre, mais il y a bien une demi-heure qu'ils ont quitté les autres. Nicolas doit être furieux et inquiet. Il va peut-être revenir les chercher, avec une torche, espère-t-elle, ou avec M. Taquet.

Ils devraient les trouver facilement, ils ne sont pas loin du grand souterrain. Elle tâtonne autour d'elle prudemment, rencontre un poteau rond, métallique. À quoi peut-il bien servir ? Derrière elle, en reculant lentement, elle atteint un mur. La pièce ne doit pas être bien grande.

– Je fais du repérage, dit-elle à Quentin.

Sous sa main, elle sent un gros anneau de fer fiché dans la pierre. Pour attacher des prisonniers, imagine-t-elle. Ils sont dans un cachot ! Si elle trouve la première marche, il suffira de remonter l'escalier pour sortir. Les mains sur le sol elle continue son exploration, rencontre quelques cailloux, des morceaux de bois, et un petit objet rectangulaire. Peut-être un portable ? Elle le manipule pour le mettre en marche quand quelque chose frôle sa jambe. Un animal ! Elle pousse un cri et se redresse d'un coup.

– Qu'est-ce qui t'arrive ? demande Quentin affolé.

– J'ai marché sur une bête.

– Grosse ?

– Pas trop. Elle courait contre ma jambe.

– Un rat ! bafouille Quentin.

Mais ils ont beau scruter la nuit qui les entoure, aucune bête aux yeux rouges ne les guette.

– Je crois que je peux marcher maintenant, assure Quentin qui n'a aucune envie de rester en compagnie d'un rat.

À cet instant, des pas résonnent dans le souterrain. Quelqu'un vient !

– C'est Nicolas ! s'exclame Quentin.

Laure s'apprête à crier pour guider leur sauveur lorsqu'elle entend claquer une porte et une clef grincer dans une serrure.

– Pas sûr, dit-elle.

Nicolas ne refermerait pas derrière lui, ni M. Taquet. La première chose qu'ils feraient serait de les appeler. Personne ne les appelle. Elle perçoit un juron prononcé à voix basse, une voix masculine. Les pas se rapprochent. Le fantôme !

Dans la salle de jeux, les adultes ne se sont pas encore rendu compte qu'il manquait deux élèves. Mais Nicolas commence à s'inquiéter.

– Ce n'est pas normal qu'ils restent si longtemps dans le souterrain.

– Il n'est pas tard, ils ont peut-être découvert d'autres couloirs, espère Gilles.

– J'y vais, décide Nicolas.

– Je viens avec toi, dit Ludovic.

Il leur faut une torche électrique. Laure en a trouvé une dans le donjon, il y en a peut-être une autre. Mais Mme Bonvoisin est déjà dans la cuisine pour préparer le dîner du soir, elle va leur poser des tas de questions.

– Dans la salle de jeux, à côté de la cheminée, il y a une grosse boîte d'allumettes, se souvient Ludovic.

La salle de jeux est pleine à cette heure-ci. Ludovic doit se faire petit et discret pour se glisser entre les groupes qui examinent les plantes collectées.

Heureusement, Ken est en train d'expliquer à Baptiste qu'il se trompe, que la plante qu'il a ramassée est bien là, dans le gros livre de botanique. Il lui met le livre sous le nez. Ludovic a le temps d'attraper les allumettes et de se sauver sans être vu. Mais quelqu'un l'attend à la sortie.

– Ils ne sont toujours pas rentrés ? demande Bertrand Legoff.

– Non, on va les chercher.

– Je viens avec vous.

– Nicolas et moi, ça suffit, décrète Ludovic.

Ludovic se venge. En classe c'est toujours Bertrand le meilleur, mais au Loup Pendu, le plus costaud c'est Ludovic.

– Sans doute, admet Bertrand un peu triste, mais j'ai été chercher ma lampe de poche dans ma valise. Prends-la, elle pourra servir.

– Bon, d'accord, bougonne Ludovic, viens vite, Nicolas nous attend.

C'est bien la première fois que le sourire heureux de Bertrand fait plaisir à Ludovic.

Ils courent à travers le parc, enjambent la brèche dans le mur, dévalent le pré jusqu'à la chapelle, le tout en cinq minutes. Ils sont hors d'haleine.

– J'espère qu'ils nous entendront, lance Nicolas.

Mais lorsqu'ils essaient d'ouvrir la porte de la chapelle qu'ils avaient juste tirée derrière eux en partant, elle résiste.

– Quelqu'un l'a refermée à clef! s'écrie Nicolas.

– C'est eux, ils sont sortis.

– Alors ils ont remis la clef à côté de la fenêtre.

– Tu vas voir, je te soutiens, propose Ludovic à Bertrand qui est plus léger que Nicolas.

Bertrand n'est pas sportif, mais il se hisse en quelques secondes jusqu'au rebord de la fenêtre.

– La clef n'est pas là, annonce-t-il. Quelqu'un les a enfermés dans le souterrain.

Un sauveteur mystérieux

Laure et Quentin se sont presque arrêtés de respirer pour guetter les pas de l'homme qui avance vers eux. D'après le juron qu'il a poussé en trouvant les souterrains ouverts, il ne sera pas content de les découvrir. Mais peut-être ne viendra-t-il pas jusqu'au cachot ?

De fait, les pas s'arrêtent, sans doute lorsqu'il arrive à la pièce qui lui sert de refuge. L'homme remue des objets, pousse un autre juron, puis le silence. Il est peut-être installé dans un de ses sièges de voitures à boire un Coca, espère Laure.

Mais non, il repart et, cette fois, il vient vers eux. Laure et Quentin se prennent par la main, se serrent l'un contre l'autre et un puissant faisceau de lampe torche les éblouit.

– Des enfants ! s'écrie le fantôme.

Il a l'air plus surpris qu'en colère.

– Qu'est-ce que vous fichez là ?

Sa voix est jeune.

– On voulait visiter les souterrains, explique Laure enhardie.

– Tout seuls et sans lumière ?

– Les piles de notre torche sont mortes. On a essayé de repartir, mais on s'est trompés de chemin et on est tombés dans ce cachot.

– Il y a longtemps ? s'inquiète le fantôme.

– Pas très, un quart d'heure peut-être.

Le « fantôme » pousse un petit soupir de soulagement.

– Debout, gronde-t-il, remontez cet escalier en vitesse.

Il éclaire les marches, les fait passer devant lui en prenant soin de diriger sa torche vers eux ou vers le mur. Impossible de voir son visage.

– Avancez.

Une fois qu'ils sont sortis du cachot, il leur suffit de quelques pas pour retrouver le souterrain principal.

– À gauche, aboie le fantôme.

– Mais on est venus de l'autre côté, affirme Laure qui cette fois en est certaine.

– À gauche, j'ai dit.

Va-t-il se débarrasser d'eux en les perdant dans les souterrains ? Non, au bout de quelques mètres ils arrivent devant un escalier qui mène à une porte de bois que leur guide déverrouille.

– Allez, filez, et que je ne vous revoie plus.

Ils se retrouvent dans la salle basse du donjon.

Quand Nicolas, Ludovic et Bertrand regagnent la salle de jeux, les autres comprennent que ça ne va pas du tout. Et quand ils expliquent qu'ils ont trouvé les souterrains refermés et que la clef de la chapelle n'était plus à côté de la fenêtre, certains commencent à paniquer.

– Où sont passés Laure et Quentin ? demande M. Taquet qui remarque enfin leur absence.

– Dans les chambres, explique précipitamment Clothilde, ils étaient mouillés, ils sont partis se changer.

– Allez leur dire de se dépêcher, ordonne le maître, c'est bientôt l'heure du dîner.

Clothilde a parfois d'excellents réflexes.

– Bien joué, admire Nicolas, j'espère qu'ils vont vite revenir, sinon on sera obligés de demander de l'aide.

– On va se faire gravement disputer.
– Et si… commence Clothilde.
– Si quoi ?
– S'ils étaient arrivés au donjon ? C'est par là que passe le fantôme.
– On ne pourra pas leur ouvrir, on n'a pas la clef.
– On pourra leur parler derrière la porte. Et la clef, on la demandera. J'y vais.
– Qu'est-ce que tu raconteras à madame Bonvoisin ?

Mais Clothilde est déjà partie. Elle court dans les couloirs, passe par la salle de classe, prend la chaîne d'arpenteur qui est restée à côté du bureau de la maîtresse.

Elle pénètre dans la cuisine en brandissant la chaîne.

– Madame Jacquet m'a demandé de la remettre dans la salle basse du donjon, dit-elle essoufflée.

– Fais attention, l'escalier est raide, répond Mme Bonvoisin, sans quitter des yeux une seconde ses casseroles.

Clothilde se retient juste de répondre « Je sais ». Elle descend les marches à toute vitesse, allume la lumière et manque de se cogner dans Laure et Quentin.

– Vous êtes sortis ! s'exclame-t-elle.

– Le fantôme nous a ouvert la porte.

– Ça alors ! De quoi a-t-il l'air ?

– On n'en sait rien, on était dans le noir, marmonne Quentin.

– Ça alors ! répète Clothilde. Venez vite, monsieur Taquet vous cherche. Je vais occuper madame Bonvoisin.

Elle grimpe l'escalier.

– Ça sent bon, dit-elle en se dirigeant vers une grande cocotte qui mijote sur la cuisinière. Qu'est-ce que vous nous préparez ?

– Une blanquette de veau.

– J'adore ça. Je peux goûter ?

– Gourmande, rit Mme Bonvoisin en prélevant une cuiller de sauce onctueuse.

Clothilde prend son temps pour savourer.

– Elle est encore meilleure que celle de ma mère, déclare-t-elle.

Décidément, pense Laure en traversant la cuisine en vitesse pendant que Mme Bonvoisin a le dos tourné, cette classe verte est en train de transformer tout le monde. Clothilde n'a plus peur de personne, Legoff devient sympa et Quentin trouillard.

Laure et Quentin rejoignent le reste de la bande juste à temps pour dîner.

– Alors ? demandent six voix en même temps.

Ils racontent à tour de rôle leur aventure, Quentin forçant un peu sur la profondeur du cachot, le cri du rat écrasé par Laure, les objets entassés dans la pièce souterraine…

– Vous avez découvert un repaire secret ! s'exclame Ken.

– Celui du fantôme, assure Clothilde. Il a les clefs de toutes les portes.

– Et il se promène sous terre comme s'il était chez lui, ajoute Laure.

– À quoi il ressemble ?

– C'est un homme grand et jeune, mais on n'a pas vu son visage, il est resté dans l'ombre. C'est Quentin et moi qu'il éclairait.

– Il vit dans ce souterrain ?

– Je ne pense pas. Mais il s'en sert comme cachette.

– C'est un gangster en cavale, décide Ken enthousiaste.

– Qui a trouvé une bonne planque, ajoute John.

Les jumeaux regardent trop de films à la télé, pense Laure.

– L'important, conclut-elle, c'est qu'il nous a sortis des souterrains, il nous a sûrement évité d'être renvoyés de la classe verte. Je n'ai pas envie de le dénoncer.

– Personne ne dira rien, assure Nicolas, mais il faut expliquer à Legoff comment vous êtes rentrés. Il était inquiet, il est venu avec nous vous chercher à la chapelle avec sa lampe de poche.

– Je vais lui raconter, dit Laure qui a vu Bertrand se retourner plusieurs fois vers leur table.

Lorsqu'ils quittent le réfectoire, Laure se rapproche de Bertrand et le prend discrètement par le bras.

– Il faut que je te dise ce qui nous est arrivé, lui murmure-t-elle en l'entraînant loin des oreilles indiscrètes.

Voilà que Laure le prend pour confident ! Bertrand est tellement content qu'il devient rose d'émotion. « Pourvu qu'il ne tombe pas amoureux de moi », pense Laure inquiète. En tout cas, elle est sûre qu'il gardera le secret.

C'est au moment de prendre sa douche, en enlevant son sweat, que Laure sent dans la poche l'objet trouvé dans le cachot. Elle a dû le ranger précipitamment lorsqu'elle a entendu arriver le fantôme et, dans la panique qui a suivi, elle l'a complètement oublié.

C'est bien un téléphone portable ! Celui du fantôme sans doute. Un téléphone contient des tas d'informations, il va peut-être lui apprendre le nom de son propriétaire. C'est un iPhone comme celui de sa mère. Elle se souvient que, pour l'ouvrir, il faut appuyer sur le carré en bas, puis pousser la flèche pour le déverrouiller, à condition qu'il ne soit pas bloqué par un mot de passe. Ça marche ! Le mieux est d'essayer les icônes les unes après les autres.

Elle appuie sur l'image d'une fleur.

Des photos défilent, des visages de jeunes qui rigolent, qui grimacent, un bébé chien… Ce n'est pas ça qui lui donnera le nom du propriétaire. Il faut regarder le répertoire. Des noms, il y en a des dizaines, des prénoms surtout. Il faudrait les appeler pour découvrir à qui appartient le portable.

Il se met soudain à vibrer, un message s'affiche : « Batterie faible. » Zut, elle doit se dépêcher. Dans les SMS, elle trouvera peut-être d'autres indications. Elle sélectionne le dernier arrivé :

« Vous avez reçu un message de LUI, aujourd'hui à 12 h 16 », annonce le portable.

Comment faire pour lire ce message ? Poser le doigt dessus, comme pour les icônes ? C'est bon, génial !

« Tu te trompes, tu es très importante pour moi. Si tu veux que je te dise en face que je t'aime, viens au Tamtam ce soir 21 h. »

Importante ? Le portable appartient à une fille ! Mais c'est un garçon qui les a sortis des souterrains. Est-ce celui qui l'aime ? Si elle l'appelle « LUI » ce n'est pas n'importe qui. Laure sélectionne l'un après l'autre les messages précédents.

Le premier vient de Lucie :

« C koi les exos de mat pour dm ? Bises. »

Celui d'avant d'Élie :

« Big soirée chez Sarah. Viens avec les boissons ! »

Un autre de Victoire :

« Ai trouvé tee-shirt de tes rêves. Trop frais ! Bisous. »

Le portable vibre de nouveau, et il s'éteint.

Quand Laure regagne la chambre, Clothilde est déjà couchée. Elle s'assoit sur le coin de son lit et lui glisse à l'oreille :

– Tu peux venir dans le couloir ? J'ai un truc à te dire.

Clothilde comprend tout de suite que c'est important.

– J'ai trouvé un iPhone dans le souterrain, avoue Laure lorsqu'elles sont seules.

Elle explique que le portable appartient à une fille qui a dû le perdre et le message qu'elle a lu.

– Je crois que c'est important, dit Laure.

– Ils se sont disputés, analyse Clothilde qui s'y connaît en histoires d'amour, il a l'air embêté et drôlement amoureux.

– Elle aussi, elle doit être amoureuse, elle l'appelle LUI.

– Il faut la prévenir tout de suite.

– Je ne sais pas qui c'est et le portable n'a plus de batterie.

– Le garçon va croire qu'elle ne l'aime pas, se désole Clothilde. Il va la fuir. Ils seront malheureux. C'est trop bête.

C'est ce que Laure craignait mais Clothilde explique ça beaucoup mieux qu'elle.

– Il faut que j'aille mettre un mot dans le souterrain, décide Laure.

Pour une fois, Clothilde ne la traite pas de folle.

– Tu as raison, approuve-t-elle au bout d'un moment de réflexion, mais on n'a plus les clefs.

Tout ça pour un trousseau de clefs

Comme d'habitude, après le déjeuner, ils sont réunis dans la salle de jeux pour préparer les activités de l'après-midi.

– De nombreux insectes vivent autour de nous et jouent un rôle dans la nature, explique M. Taquet. Nous recueillerons plusieurs espèces différentes, nous les identifierons, et les étudierons comme les plantes de votre herbier.

– On va les mettre à sécher entre des feuilles de papier ? s'inquiète Gilles.

– Mais non, les insectes, on les pique avec des épingles sur des bouchons, assure John.

– C'est horrible ! s'indigne Clothilde.

– Avant de les piquer, on les endort avec de l'éther, précise Ken.

– Tu trouves ça mieux ? Moi je ne viens pas avec vous.

La moitié des élèves se met à protester qu'ils ne sont pas des assassins de petites bêtes, Mme Jacquet a beaucoup de mal à les faire taire.

– Il n'est pas question de tuer les insectes, déclare-t-elle. Nous allons seulement les observer. Après quoi, nous leur rendrons la liberté.

– Et les larves ? Elles ne peuvent pas vivre hors de l'eau, rappelle Nicolas.

– Nous les mettrons dans un aquarium où nous les verrons se développer.

– On les voit surtout mourir, proteste Gilles. Mon père a rapporté plein de têtards de la forêt de Marly pour qu'ils se transforment en grenouilles dans notre aquarium et, tous les jours, il fallait en jeter cinq ou six parce qu'ils flottaient à la surface.

– Beurk, disent Clothilde et Anne-Charlotte.

– Dans la nature, c'est comme ça aussi, grogne Baptiste agacé. Beaucoup d'animaux meurent avant de devenir adultes.

C'est rare de voir Baptiste de mauvaise humeur, il doit trouver ridicules leurs manières d'enfants des villes.

– Ça fait longtemps que tu participes aux classes vertes, Baptiste ? demande Laure.

– Quatre ans, je donne aussi un coup de main pendant les colonies de vacances l'été, pour gagner un peu d'argent. Sinon, je suis étudiant en histoire à Angers.

– Parce que le passé t'intéresse ?

– Surtout celui de la région.

– Est-ce que les habitants de Chanceaux connaissent l'histoire du seigneur qui a été tué par les Écorcheurs pour permettre à sa femme et ses enfants de fuir ?

– Bien sûr, les institutrices la racontent toujours à l'école.

Les jeunes de Chanceaux savent donc, depuis l'école primaire, qu'il existe des souterrains pour quitter le Loup Pendu. Ce sont peut-être eux qui jouent les fantômes.

– Laure, on t'attend, l'appelle M. Taquet, nous allons à la mare.

Son groupe est déjà en route, Bertrand et Gilles portent les épuisettes, Baptiste les bocaux. La mare se trouve dans le fond du parc, entre deux talus où sourd une petite source.

Le ciel est nuageux aujourd'hui et les hêtres qui entourent la mare l'assombrissent encore plus. L'eau est trouble, il y flotte des choses indistinctes entre des filaments d'herbes qui se tortillent comme des serpents.

– Comment voulez-vous voir une larve dans cette soupe ! proteste Quentin.

– Mais si, regarde, dit Ken en désignant un coin obscur, là, il y a des bêtes.

– Ce sont des débris de feuilles !

– Mais non, ça bouge.

Ils s'accroupissent tous les deux au bord. Une chenille vert pâle flotte juste sous la surface de l'eau.

– Il y en a une autre là, et encore une ! observe Bertrand qui aimerait quand même avoir une bonne note.

Délicatement, Baptiste en pêche deux qu'il dépose dans le bocal qu'il a rempli d'eau de la mare.

– Ce sont des larves de moustiques, explique-t-il.

– Celles-là, on n'est pas obligés de leur rendre la liberté, admet Clothilde.

– Mince, il y en a une qui se fait bouffer par une espèce de monstre aux yeux énormes ! s'écrie John.

Une grosse bestiole brune a saisi un malheureux ver poilu entre des pinces qui partent de sa bouche et le grignote tranquillement.

– Belle trouvaille ! les félicite Baptiste. C'est une larve de libellule. Avec un peu de chance, on la verra se transformer en insecte.

– Elle va dévorer toutes les autres bêtes !

– On la mettra dans un bocal à part, mais il faudra bien lui donner à manger.

– J'aime pas les sciences naturelles, dit Clothilde en s'asseyant sur une souche.

– Moi non plus, remarque Gilles en s'installant à côté d'elle.

– Là, regardez, c'est plein de têtards ! crie Ludovic.

Tout le monde se précipite, mais comme il n'y a que deux épuisettes, certains entrent dans la mare et tentent de les attraper avec les mains. Les têtards affolés s'enfuient sous les plantes. Baptiste les menace de les ramener en salle de classe et de leur donner une dictée s'ils ne respectent pas les consignes.

Laure se rapproche de Nicolas qui est resté sur le bord.

– Tu aurais une idée pour ouvrir les souterrains ? demande-t-elle en faisant semblant d'observer le fond de la mare. Et pour trouver une torche ?

– Tu veux y retourner ?

– J'ai ramassé un iPhone dans le cachot où Quentin est tombé. Il y a dessus un SMS important, avoue-t-elle.

Elle explique à Nicolas pourquoi elle n'a examiné le portable qu'hier soir et ce qu'elle y a découvert.

– Si je ne préviens pas vite la fille qui a oublié son iPhone dans le souterrain, elle risque de perdre son amoureux.

– Il y a bien la lampe de poche de Bertrand, dit Nicolas, mais elle n'éclaire pas très loin, il en faudrait une autre. Pour les clefs, il faut réfléchir.

Ils sont installés autour de la table du réfectoire pour le goûter. Nicolas vient s'asseoir à côté de Laure.

– J'ai une torche, lui glisse-t-il à l'oreille.

– Tu l'as trouvée où ?

– Dans les anciennes écuries, elles servent d'atelier à monsieur Bonvoisin.

– C'est quoi ces secrets ? demande Quentin assis de l'autre côté de Laure.

– Je voudrais retourner dans les souterrains, annonce-t-elle.

Laure recommence à voix basse les explications données à Nicolas.

– Le fantôme emmène une fille dans le souterrain ! s'exclament les garçons.

– Ils sont complices tous les deux, disent ensemble Ken et John. Et ils préparent un cambriolage.

– Mais non, coupe Quentin, ils explorent les souterrains, on a découvert les plans qu'ils avaient dessinés.

– Ils cherchent un trésor ! s'écrient ensemble les jumeaux.

Les visages s'illuminent. Il ne manquait plus que ça, pense Laure, ils vont tous vouloir descendre avec elle.

– Depuis le temps que des enfants de Montaigu vont au Loup Pendu, s'il y avait un trésor quelque part, on en aurait entendu parler, coupe-t-elle.

– Et si on demandait à Baptiste ? suggère Gilles.

– Ce n'est pas le bon jour, dit Ludovic, il est de mauvaise humeur.

– Sur le portable, continue Laure, il y a un message important pour la fille, un message d'amour, il faut que je la prévienne.

– Tu veux redescendre pour ça ? s'étonne John.

Pour John, une partie de Super Mario est beaucoup plus intéressante qu'une histoire d'amour.

– Elle sera très malheureuse si elle ne le sait pas, insiste Clothilde. Le garçon aussi, et ce sera la faute de Laure.

– Le problème, continue Laure, c'est que je ne sais pas comment ouvrir les portes.

Cette question intéresse beaucoup plus les jumeaux.

– On ne pourra jamais bricoler un passe-partout, dit Ken après un moment de réflexion, la serrure est trop grosse et trop ancienne.

– Parce que tu sais bricoler des passe-partout ? demande Quentin intéressé.

– Monsieur Bonvoisin ! s'écrie Gilles.

Le cri poussé par Gilles les fait sursauter.

– Il a les clefs de toutes les portes du Loup Pendu, poursuit-il, je les ai vues accrochées au mur de sa cuisine.

– Il ne nous les prêtera jamais, dit Ken.

– Il y a peut-être un moyen, déclare John. On va les prendre sans les lui demander.

Après le goûter, ils ont le droit de jouer dans le parc. Bertrand, qui a compris que des choses nouvelles se tramaient, les rejoint dès qu'ils sont sortis. Plus personne ne se méfie de lui maintenant, c'est même Ludovic qui le prend par le bras pour lui expliquer les dernières trouvailles de Laure et son projet.

Bertrand se demande comment ils font, dans cette bande, pour se lancer tous les jours dans une nouvelle aventure sans jamais réfléchir aux conséquences. Heureusement qu'il est là pour les aider.

– Je vais chercher ma lampe de poche pour le cas où la torche de Nicolas tomberait en panne, annonce-t-il.

– Profites-en pour vérifier que madame Bonvoisin n'est pas dans la cuisine.

Cette fois, Bertrand fait vraiment partie de la bande, il court à toute allure, heureux et fier, vers le château.

Quand il les rejoint, ils sont tous devant la maison des Bonvoisin.

– C'est bon, annonce-t-il, la place est libre.

Gilles et Ken frappent à la porte. M. Bonvoisin fume sa pipe en lisant son journal, confortablement enfoncé dans son fauteuil.

– Excusez-nous de vous déranger, m'sieur, disent les garçons, on a lancé un ballon trop fort, il est resté coincé dans le feuillage d'un arbre et on n'arrive pas à l'attraper. Vous n'auriez pas une perche ou une échelle pour nous aider à le récupérer ?

Il leur a fallu au moins dix minutes pour parvenir à bloquer le ballon dans les hautes branches.

– Ah là là, ces gosses ! On shoote n'importe comment, et voilà ce qui arrive.

M. Bonvoisin pose son journal, se lève pesamment et sort de la maison, guidé par Gilles et Ken qui lui racontent avec beaucoup de détails une partie de foot imaginaire, et le terrible coup de pied qui a envoyé la balle dans les branches.

Dès qu'ils ont disparu, Laure et Nicolas se glissent dans la maison. Accrochés à un tableau dans la cuisine, il y a cinq trousseaux dont, tout en bas, un trousseau composé de six clefs différentes dont trois très grosses.

– C'est celles-là.

Nicolas le décroche et les deux voleurs filent vers le château. Ils ont peu de temps, M. Bonvoisin va bientôt revenir.

– On va déverrouiller la porte et la repousser pour qu'elle ait l'air fermée, annonce Nicolas. Demain, pendant la projection de *Microcosmos*, tu pourras y aller tranquille.

M. Bonvoisin doit se rendre dans les anciennes écuries chercher une échelle assez haute pour accéder au ballon. Ils tiennent tous à l'aider à la porter en marchant très lentement.

Ensuite il faut la déplier, puis la dresser soigneusement contre l'arbre.

Chacun alors veut y grimper.

M. Bonvoisin doit presque se mettre en colère pour les faire descendre et ça prend encore quelques minutes. Puis il monte lui-même, majestueusement et précautionneusement, car il n'est pas léger, jusqu'en haut où, avec un bâton, il fait tomber le ballon.

Les enfants applaudissent. Il redescend, on replie l'échelle et on la rapporte en grande cérémonie dans les anciennes écuries.

L'équipe remercie beaucoup M. Bonvoisin qui rentre chez lui fort satisfait d'avoir rendu service à des élèves aussi courtois.

Les clefs sont revenues à leur place.

Des Lego dans un souterrain

La matinée de classe paraît très longue. La maîtresse explique comment fonctionnait le Loup Pendu au Moyen Âge. Le seigneur et sa famille vivaient dans les étages du donjon, les soldats en bas, dans une salle d'armes, les serviteurs dans des bâtiments construits dans l'enceinte fortifiée. Elle trace un plan au tableau, puis elle dessine le moulin sur la rivière.

– Si vous aviez été paysan à Chanceaux au Moyen Âge, comment auriez-vous fait moudre votre blé ? demande-t-elle.

« Tant pis si j'ai peur, se répète Laure qui a passé une partie de la nuit à s'imaginer seule dans les boyaux obscurs plusieurs mètres sous terre. Je ferai vite et j'emporterai de quoi baliser le chemin pour être sûre de le retrouver. Mais quoi ? Quelque chose de léger, de voyant... »

– Laure, j'ai posé une question ? insiste la maîtresse.

– Des Lego ! s'exclame Laure.

Il y en a une caisse pleine dans la salle de jeux pour les petits qui viennent en colonie de vacances l'été.

– Des Lego ? Pour moudre le blé ?

– Euh... pardon, s'excuse Laure, je n'ai pas écouté la question.

– À quoi penses-tu qui te distrait à ce point ?

– À son amoureux, souffle cette peste de Clarisse.

– Je n'ai pas d'amoureux ! s'énerve Laure, tandis que Bertrand Legoff devient tout rouge.

Heureusement il est au premier rang, seule la maîtresse peut le voir.

– La maîtresse te demande où les paysans de Chanceaux allaient moudre leur blé, lui souffle Clothilde.

– Heu... oui... eh bien, si j'avais été paysan à cette époque, j'aurais été obligée d'apporter mon grain au moulin du seigneur, comme celui qu'on a visité sur la rivière. Mais je n'aurais pas été contente car j'aurais dû le payer et il aurait fallu que je lui donne une partie de ma récolte pour le nourrir, lui et ses soldats qui doivent me protéger en cas d'attaque. Mais ces gens-là se fichaient des paysans. C'était d'abord leur peau qu'ils défendaient. Si j'avais vécu à cette époque, j'aurais construit un moulin à moi et…

– Bon, ça suffit, dit Mme Jacquet. Je vois que tu as compris.

– Ça allait ? demande Laure à Clothilde. C'est ce qu'il fallait répondre ?

Pendant le déjeuner, Nicolas annonce qu'il a décidé d'accompagner Laure.

– Si jamais tu tombais comme Quentin, il vaut mieux être deux.

Elle espérait secrètement qu'il le lui proposerait, mais elle n'osait pas le lui demander.

– Trois, déclare Ludovic, c'est quand même moi le plus fort.

– T'es aussi le plus lourd, réplique Nicolas qui préférerait être seul avec Laure, si c'est toi qui es blessé, on aura du mal à te porter.

– Je ne me blesse jamais, riposte Ludovic vexé.

– J'aimerais bien venir aussi, dit alors timidement Bertrand à qui ils ont fini par faire une place à leur table.

– Tu es devenu téméraire, rigole Ken.

– Avec vous, je n'ai plus peur et j'aimerais voir le cachot et le repaire du fantôme.

Laure et Nicolas, eux, n'ont pas très envie de s'encombrer de Bertrand. Mais comment le lui refuser ?

– OK, fait sobrement Nicolas, mais tu ne nous quittes pas d'un pas.

Après le déjeuner, tous les occupants du Loup Pendu, y compris les Bonvoisin, entrent dans la salle de jeux où sera projeté *Microcosmos*. Laure, Nicolas, Ludovic et Bertrand se placent au fond près de la porte. Ils attendent que le film ait commencé pour se sauver.

La porte dans la salle basse du donjon n'a pas été refermée à clef. Quand Laure l'ouvre et descend les premières marches, qu'elle respire à nouveau l'odeur de terre et d'humidité qui monte du souterrain, un petit frisson la traverse. Les garçons doivent éprouver la même chose car ils sont devenus muets.

Ils ont décidé de déposer une brique de Lego tous les dix pas, des rouges et des jaunes qui seront bien visibles.

Pour le moment, ils ne risquent pas de s'égarer, le souterrain n'a pas d'embranchement. Laure se souvient que, guidés par le fantôme, ils ont vite atteint la salle basse du donjon. En effet, ils n'ont posé que trois briques lorsqu'ils rencontrent le couloir qui conduit au cachot dans lequel Quentin est tombé.

« Normal, il est tout près du donjon, réalise Laure, pour pouvoir surveiller les prisonniers. »

Le second couloir mène à la pièce équipée de sièges. C'est là que les occupants des souterrains doivent venir le plus souvent, c'est là que Laure veut laisser son message et le portable.

– À gauche, annonce-t-elle.

Ils arrivent vite à la seconde pièce.

– C'est top comme cachette ! s'exclame Ludovic. Si on en avait une comme ça à Montaigu, on s'éclaterait.

– Ils sont super équipés, constate Nicolas.

– Avec des boules à facettes, ça ferait boîte de nuit. Ils pourraient faire payer l'entrée.

Pendant que les garçons explorent la pièce, Laure dépose le portable en évidence sur une caisse retournée. Elle glisse dessous la feuille de papier sur laquelle elle a écrit :

« J'ai trouvé ton iPhone par terre dans le cachot. Tu as reçu un SMS de LUI, il dit des choses importantes. Recharge vite ta batterie pour le lire. »

– Ces objets sont très vieux, remarque Bertrand en montrant une bassine percée, des chaises cassées, des ressorts de matelas et une barre de fer complètement rouillée. Ce sont peut-être des restes de ceux qui ont servi aux gens qui se cachaient ici pendant la guerre.

– Les plans que Quentin a vus, ils sont où ? demande Nicolas.

– Dans le buffet, dit Laure.

Nicolas saisit de grandes feuilles de papier qu'il pose sur les sièges. Bertrand braque dessus le faisceau de sa lampe de poche.

– Regardez, le petit bâtiment, là avec la croix, s'exclame-t-il, ça doit être la chapelle !

– Et ce long couloir, le souterrain principal.

– Là, c'est l'escalier qui mène au donjon.

– Il y a des petites croix rouges, observe Laure, qu'est-ce que ça veut dire ?

– Ce sont peut-être les endroits qu'ils ont explorés, suggère Bertrand.

– Ken a raison, ils cherchent quelque chose, conclut Nicolas. Mais quoi ?

– Dans cette pièce, indique Bertrand, sa lampe toujours rivée sur le plan, ils ont exploré le mur du fond, à côté du buffet.

Il balaie le mur avec sa lampe.

– Là, regardez, ils ont fait tomber une dalle du mur.

Tous s'agenouillent pour examiner le creux laissé dans le mur par la pierre.

– Il n'y a pas d'outils ici, constate Nicolas, ils n'ont pas pu desceller la dalle avec les mains.

– Ils les ont laissés ailleurs.

– Dans le cachot où Quentin est tombé, peut-être, suggère Laure.

Grâce aux Lego rouges et jaunes, ils retrouvent vite le couloir d'accès au cachot.

– Ça ne devait pas être drôle d'être jeté au fond de ce trou, réalise Bertrand en descendant les six marches très raides.

– Et ces poteaux au milieu, c'était pour attacher les prisonniers ? demande Ludovic.

– Je crois plutôt qu'ils soutiennent la voûte, dit Nicolas, elle doit être fragile.

Ludovic s'assoit devant un des anneaux de fer encastrés dans le mur. Les mains dans le dos, il pousse des plaintes déchirantes comme un prisonnier terrorisé. Puis il se relève d'un bond en poussant cette fois un vrai cri de frayeur.

– Un rat ! hurle-t-il. Entre mes jambes.

– C'est celui sur lequel j'ai marché la dernière fois, se moque Laure. Il a filé par là, ajoute-t-elle en désignant un petit trou en bas du mur.

– Où a-t-il pu aller ? s'étonne Nicolas, cette pièce est enfouie sous la terre.

– Il a dû creuser une galerie, suppose Laure.

Elle glisse les doigts dans le trou.

– Ce n'est pas de la terre, dit-elle, c'est bien trop dur.

Nicolas examine le trou avec la torche.

– On dirait des briques.

Il gratte la paroi qui s'effrite et des traces rouge sombre apparaissent.

– C'est bien un mur de brique, s'étonne-t-il.

– Qui a pu le construire ici et pourquoi ?

– En tout cas, celui qui l'a bâti ne voulait pas qu'on le découvre, constate Bertrand. On l'a recouvert d'une couche de ciment.

– Une cachette !

Ils ont crié ensemble, puis ils se regardent, la même idée leur traverse l'esprit.

– Le film finit dans combien de temps ? demande Laure.

– Un peu moins d'une heure, répond Bertrand après avoir consulté sa montre.

– On creuse ? demande Ludovic, les yeux brillants d'excitation.

– Avec quoi ? Il n'y a pas d'outils ici non plus, constate Nicolas en éclairant les recoins du cachot.

– J'ai une idée, dit Ludovic, qui prend la torche et remonte l'escalier.

– Tu vas où ?

– Dans la pièce d'à côté. Je trouverai bien quelque chose de pointu.

Dans le buffet, il y a un carton à chaussures rempli de couverts en inox. Ludovic s'empare des quatre couteaux et regagne le cachot.

– On pourra facilement enlever le mortier autour des briques, il s'effrite, annonce-t-il en examinant le mur. Il doit être vieux.

Le père de Ludovic a une entreprise de maçonnerie, il emmène quelquefois Ludovic avec lui sur les chantiers.

– Après on retirera les briques.

Ils choisissent une brique au centre du mur, Laure dégage le dessous, Nicolas à droite, Bertrand à gauche et Ludovic au-dessus. Le mortier s'en va facilement.

– On y est ! On va pousser doucement maintenant, ordonne Ludovic.

La brique glisse peu à peu en crissant et bascule de l'autre côté du mur.

Nicolas braque le faisceau de la lampe dans le trou.

– Il y a une caisse derrière !

– Le trésor ! s'écrie Ludovic.

Attention, danger !

– On continue ? demande Nicolas.

Sans même répondre, les trois autres se remettent à gratter furieusement le mortier autour de la brique du dessus jusqu'à ce qu'elle tombe. Puis ils attaquent celles d'à côté. Et quand les briques résistent, Ludovic les descelle à coups de pied. À ce moment, la torche apportée par Nicolas faiblit puis s'éteint. La lampe de poche de Bertrand est moins puissante, mais elle leur suffit pour continuer.

Ils finissent par dégager un espace assez grand pour que l'un d'entre eux se glisse dans la cachette.

– J'y vais, décide Nicolas.

– Fais attention, conseille Bertrand, il y a peut-être de la dynamite dans les caisses. Les résistants en utilisaient pour faire sauter les ponts.

– La dynamite n'explose pas comme ça, affirme Nicolas, il faut y mettre le feu. C'est dans tous les films de cow-boys. Ils allument les mèches avec leurs cigares.

– Moi, je parie qu'il y a là-dedans des objets précieux, dit Ludovic les yeux brillants.

Il se croit dans le *Trésor de Rackham le Rouge*, pense Laure. Sans attendre l'avis des autres, il s'introduit dans la cachette.

– Une autre caisse ! s'exclame-t-il. Je vais essayer de les ouvrir. Vous me donnez mon couteau ?

– Il vaut mieux ne pas y toucher, dit Nicolas.

– Arrête de trembler, se moque Ludovic. Tu te rends compte qu'on va découvrir un secret vieux de… je ne sais pas combien d'années ?

Laure, Bertrand et Nicolas meurent d'envie de savoir ce que contiennent les caisses. Alors ils lui passent un couteau. Nicolas éclaire Ludovic qui glisse le couteau sous le couvercle et pèse dessus de toutes ses forces. Ils retiennent leur souffle, redoutant l'explosion, mais on n'entend que le halètement de Ludovic et le grincement de la planche. Et le couteau casse.

– Les clous sont rouillés, constate Ludovic. Ça va être dur.

– On vient t'aider, décide Nicolas.

Ils passent l'un après l'autre à travers la brèche, mais la cachette est étroite et basse de plafond. Ils s'agenouillent pour travailler plus à l'aise. Non sans mal, ils parviennent à glisser les lames des couteaux sous le couvercle. La planche ne bouge toujours pas.

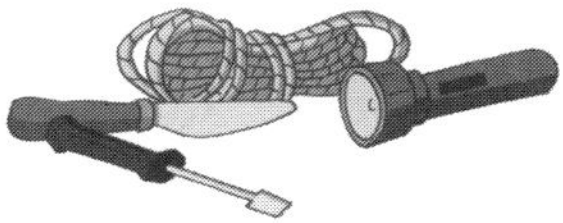

– On reviendra demain avec des outils, suggère Nicolas.

– Mais non, regardez, ça s'ouvre ! annonce Ludovic que rien ne décourage.

Il a glissé trois couteaux côte à côte dans la fente et posé dessus une planchette ramassée par terre.

– On va appuyer ensemble, par petits coups.

Dirigés par Ludovic, ils pèsent de toutes leurs forces sur la planchette. Rouge et transpirant, Bertrand appuie encore plus fort que les autres.

– Ça vient ! annonce Ludovic.

– Tu vois quelque chose ?

– Pas encore.

– On continue alors, dit Bertrand.

La planche remonte encore un peu. Nicolas dirige le faisceau de la lampe vers l'intérieur.

– On dirait des paquets enveloppés dans du carton, déclare-t-il.

– En tout cas, ce ne sont pas des explosifs, assure Ludovic.

– Il faut ouvrir plus grand pour en attraper un.

– Il y a une barre de fer dans la pièce d'à côté, je vais la chercher, dit Ludovic.

Il est tellement pressé qu'il fait tomber trois autres briques au passage.

– Ce mur est pourri ! s'exclame-t-il.

Il file en emportant la lampe. Dans le noir, les trois autres continuent à appuyer sur la planchette.

Le couvercle se soulève petit à petit, puis d'un coup se libère.

– C'est ouvert ? demande Laure.

– La première latte, je crois, répond Nicolas, on va l'enlever.

Bertrand tire d'un coup sec. Avec précaution, Laure introduit la main dans la caisse.

– Je sens un paquet plat et rectangulaire, annonce-t-elle.

– J'arrive, crie Ludovic, je rapporte un super levier.

Ils l'entendent courir, buter contre la première marche, dégringoler dans l'escalier et heurter un des poteaux qui soutiennent la voûte du cachot. Le poteau tombe à son tour et la lampe s'éteint.

– Ludo, crie Laure, ça va ?

– Je suis désolé, j'ai cassé la lampe, s'excuse Ludovic.

– Ce n'est pas grave, essaie de le rassurer Laure. On ira chercher les allumettes dans l'autre pièce. On arrive.

Le paquet sous un bras, elle sort avec précaution de la cachette.

Le bruit sec de plusieurs pierres qui frappent le sol l'arrête net.

– C'est toi, Ludo, qui lances des pierres ?

– Bien sûr que non ! Elles tombent du plafond, répond la voix terrorisée de Ludovic.

Une pluie de gravats s'abat sur Laure.

– La voûte est en train de s'effondrer, s'écrie Nicolas. Cet idiot de Ludovic a fait tomber un des piliers qui la soutenaient. Il faut sortir le plus vite possible.

Il tire Laure par la main.

– Mettez les bras sur la tête pour vous protéger, conseille Bertrand.

– Je suis là, appelle Ludovic.

C'est Bertrand qui, le premier, le rejoint.

– L'escalier ne devrait pas être loin, dit Nicolas.

Mais à cet instant un grondement sourd fait trembler les murs du cachot. Il est suivi du bruit sinistre d'une coulée de terre.

La terreur envahit le cœur de Laure, ils vont être ensevelis !

– Vous êtes vivants ? demande-t-elle d'une petite voix.

– Ça va, dit sobrement Bertrand.

– Pour le moment, murmure Nicolas.

Si Ludovic ne répond pas, son soupir de honte et de désespoir remplit le minuscule espace qui leur reste.

– Mais je ne sais pas comment on va sortir d'ici, ajoute Nicolas.

Piégés !

Assis à côté de Ken, Gilles se retourne toutes les deux minutes vers la porte de la salle de jeux.

– Ils ne sont toujours pas revenus, ce n'est pas normal.

– Si. Je te parie qu'ils s'amusent comme des fous dans le repaire des jeunes.

– Pas Bertrand, il est trop sérieux.

– Mais Ludovic voudra tout explorer.

– J'ai quand même envie de prévenir Baptiste.

– Il vaut mieux attendre la fin du film.

Un énorme tas de terre occupe désormais le centre du cachot. Adossés au mur de briques, Laure, Nicolas, Bertrand et Ludovic se serrent les uns contre les autres pour se rassurer.

– Les gravats ne montent peut-être pas jusqu'au plafond, espère Nicolas. Il faut grimper dessus et voir si on peut accéder à la sortie.

– À condition que les pierres arrêtent de tomber, dit Bertrand.

– On n'a pas le choix, rappelle Nicolas. J'y vais.

Ils l'entendent grimper, souffler, glisser.

– La terre va jusqu'en haut, il va falloir creuser pour sortir.

– Et si le tas était trop gros ? s'inquiète Laure.

– On n'a pas le choix.

Nicolas a raison.

Les trois autres grimpent sur le tas de gravats pour le rejoindre. Laure est moins rapide que les garçons, elle n'a qu'une main libre. De l'autre elle garde serré contre elle le paquet extrait de la caisse.

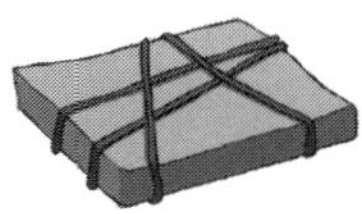

Rejetant des poignées de terre derrière eux, ils parviennent à dégager un passage.

– Le cachot n'est pas très grand, on devrait bientôt arriver de l'autre côté, dit Laure.

– J'espère qu'on est partis dans la bonne direction, murmure Nicolas.

– Je ne crois pas, annonce Bertrand, je touche un mur.

– On est bloqués, s'affole Ludovic.

– Mais non, s'énerve Laure, il faut recommencer, dans une autre direction.

Elle enfonce les mains dans la terre, la rejette derrière elle. Bertrand et Nicolas l'accompagnent avec énergie. Mais le frottement d'un nouvel éboulement résonne derrière eux.

– C'est foutu, bredouille Ludovic, et c'est ma faute.

De rage, il se met à creuser à toute vitesse. Soudain, il tombe à plat ventre en hurlant de joie :

– J'ai passé la main dans le vide !

Une bouffée d'air frais leur parvient, en même temps qu'une voix ahurie :

– Qu'est-ce qui s'est passé ici ? Il y a eu un éboulement ?

Laure éclate en sanglots. De soulagement.

– Au secours, crie Ludovic, on est prisonniers.

– Les enfants ! Mais qu'est-ce que vous fabriquez encore là ?

C'est la voix du fantôme, Laure la reconnaît.

– Il faut les libérer, s'écrie une voix de fille.

La lumière d'une torche balaie l'ouverture que Ludovic a réussi à dégager.

Il sort la main et l'agite :

– Par ici.

– Restez tranquilles, on va chercher des pelles pour vous sortir de là, dit une autre voix de garçon.

– Vous êtes blessés ? demande la fille.

– Non, assure Ludovic. Mais on a eu drôlement peur.

Ludovic raconte qu'il a déboîté un poteau en tombant dans l'escalier, ce qui a déclenché l'éboulement.

Les garçons reviennent très vite, se mettent à dégager la terre énergiquement jusqu'à ce que les prisonniers puissent sortir.

– Vous vous sentez comment ? s'inquiète le grand mince qui a la voix du fantôme.

– Grâce à vous, ça va beaucoup mieux, assure Bertrand.

– C'est toi qui nous as aidés à sortir des souterrains la dernière fois ? demande Laure.

– Oui, et je commence à en avoir assez de jouer les sauveurs.

Il n'est pas plus vieux que Marc, le frère de Laure. Il a l'air décontracté, avec un jean trop large qui lui tombe sur les fesses.

– Qu'est-ce qui vous a pris de venir fouiner dans notre bunker ? gronde l'autre garçon, un petit brun aux épaules larges.

– C'est pas votre bunker, c'est celui du Loup Pendu, proteste Ludovic. On a bien le droit de visiter.

– Et de risquer de mourir ensevelis ? Vous êtes complètement fous de descendre ici seuls.

– Vous y allez bien, proteste Ludovic.

– On n'a plus neuf ans, et maintenant, à cause de vous, les accès vont être murés.

– Qu'est-ce que vous faites dans ces souterrains ? demande Nicolas.

– On discute, on écoute de la musique, et surtout on avait la paix, grogne le brun.

– Vous êtes nombreux à utiliser le euh… le bunker ?

– Nous trois seulement.

Donc le garçon que la fille appelle LUI ne fait pas partie du groupe, se dit Laure.

– C'est toi qui as perdu ton iPhone dans le cachot ? lui demande-t-elle.

– Et c'est toi la petite curieuse qui a regardé mes messages ?

– Je cherchais à savoir qui tu étais, s'excuse Laure. Il faut absolument que tu lises ton dernier SMS, celui qui vient de LUI. C'est hyper important.

– Comment sais-tu ce qui est important pour moi ?

– Parce qu'il dit qu'il t'aime.

La jeune fille pousse un cri de joie. Elle prend Laure dans ses bras et l'embrasse.

– Il veut te le dire en face, continue Laure, il te donne rendez-vous au Tamtam, mais c'était pour hier soir.

– Hier soir ? Il faut que je l'appelle tout de suite.

Elle s'apprête à filer quand elle remarque le paquet que Laure n'a pas lâché.

– C'est quoi ce truc que tu serres sur ton cœur ?

– On l'a trouvé dans une cachette creusée dans le mur au fond du cachot.

– Je vous disais bien que de l'or avait été caché ici pendant la guerre, s'emporte le petit brun. Et voilà que ce sont les enfants qui le trouvent !

– Je ne crois pas que ce soit de l'or, dit Nicolas. C'est trop léger.

– Vous n'avez pas ouvert le paquet ?

– On n'a pas eu le temps.

Sous les yeux impatients des trois jeunes et de ses amis, Laure déchire précautionneusement un des bords du carton. Un cadre doré apparaît, puis un tableau. C'est un paysage, représentant des arbres qui se penchent au-dessus d'une rivière, des promeneurs qui flânent le long d'un chemin à l'ombre.

À cet instant, des appels retentissent du côté du donjon. Et bientôt M. Taquet suivi de M. Bonvoisin, de Baptiste et Quentin débouchent en trombe devant eux.

– Dieu merci, vous êtes vivants, s'écrie M. Taquet hors d'haleine.

Il reprend sa respiration.

– Mais je vous promets la plus magistrale punition de votre vie.

Le secret du Loup Pendu

Quand M. Taquet examine le tableau, il en oublie la punition. La colère le reprend lorsque Laure lui raconte comment ils l'ont découvert, et la catastrophe qui a suivi. Mais comme les trois rescapés n'ont pas l'air d'aller mal, il braque de nouveau sa torche sur le tableau.

– J'ai le sentiment que vous avez fait une découverte importante, dit-il impressionné. Mais je ne suis pas un spécialiste, il faudra que je vérifie.

Et il fait remonter les rescapés et leurs sauveurs au château.

– Pour une grande explication, précise-t-il d'une voix menaçante.

C'est seulement en arrivant dans le donjon que Laure reconnaît dans la jeune fille blonde en leggins noirs et grand pull orange celle que Baptiste attendait avec impatience. LUI, c'est Baptiste ! C'est parce qu'il s'est disputé avec elle qu'il avait cette tête de croque-mort ce matin. Et maintenant il rayonne. C'est bizarre comme l'amour peut transformer quelqu'un. Laure se demande si ça lui fera le même effet.

M. Taquet a d'abord examiné les rescapés de pied en cap, a soigné les mains égratignées, leur a fait avaler une boisson chaude et des parts de tartes préparées par Mme Bonvoisin, puis il a installé tout le monde dans la salle de jeux. Il a exigé de savoir ce qui s'était passé, depuis le début.

Il a annoncé à Élie, le fantôme, Kevin le petit brun et Natacha la jolie blonde, qu'ils n'avaient pas le droit de se promener dans des souterrains interdits par la mairie de Chanceaux mais il les a remerciés d'être intervenus si efficacement pour mettre les enfants hors de danger. Puis il a demandé un moment pour s'informer sur Internet.

Quand il est revenu, il n'avait plus du tout l'air furieux.

– Je crois que vous avez retrouvé un tableau de Corot.

– C'est qui Corot ? demande Ludovic.

– Un peintre du XIXe siècle très connu, ce tableau doit valoir beaucoup d'argent.

– Ce petit machin triste ? s'étonne Laure.

– Ce n'était pas une raison pour vous lancer dans une expédition dangereuse, gronde-t-il.

– Il y en a d'autres, dit alors Laure.

– D'autres quoi ?

– D'autres tableaux, enfin je crois. Il y avait plusieurs paquets dans la caisse qu'on a ouverte, et peut-être dans la seconde.

M. Taquet en reste bouche bée.

– Je crois deviner d'où ils viennent, intervient Baptiste. Il est possible que ce soit monsieur de la Vergne qui les ait cachés pendant la guerre. Pour que les nazis ne les volent pas.

– Mais pourquoi les a-t-on laissés là quand la guerre a été finie ? demande Nicolas.

– Personne n'en savait rien. Monsieur de la Vergne a été tué avant la fin de la guerre, avec mon arrière-grand-père.

Un silence suit la déclaration de Baptiste, Natacha s'approche de lui et le prend par la main.

– Il faut retourner dans le souterrain pour récupérer les autres, s'exclame Ludovic.

– En effet. Mais cette fois, vous restez ici, assure fermement M. Taquet.

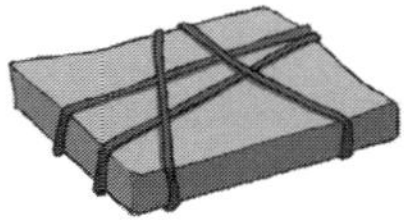

Le lendemain, M. Bonvoisin, Xavier et Baptiste sont réquisitionnés par M. Taquet pour déblayer l'accès à la cachette. Un maçon de Chanceaux est appelé en renfort pour replacer des étais contre le plafond du cachot, et le soir une vingtaine de paquets sont exposés dans la salle de jeux.

M. Taquet n'a déballé que trois tableaux, le petit Corot et deux autres un peu plus grands, l'un représente une femme en robe rouge et l'autre une rue de Paris sous la neige. M. Taquet dit que ce sont aussi des œuvres de peintres célèbres.

– Vous aurez rarement l'occasion d'en voir de si près, sauf dans les musées. Ces tableaux appartenaient à une famille d'amis juifs de monsieur de la Vergne, explique-t-il. Il avait placé dans les caisses un carnet où il précise tout ça.

M. Taquet leur rappelle qu'il y a soixante-dix ans la France était occupée par l'armée allemande, et que les nazis, qui dirigeaient l'Allemagne, avaient décidé d'emprisonner, puis de supprimer tous les gens d'origine juive. Ils en profitaient pour leur voler leurs biens. Laure est au courant, les arrière-grands-parents de son cousin ont été emmenés dans un camp en Pologne et ne sont jamais revenus. Sa mère lui a raconté ce qui s'était passé.

– Beaucoup de Français, pas tous hélas, les ont aidés à se cacher et à fuir. Monsieur de la Vergne était de ceux-là.

– Il y a eu plusieurs familles cachées dans les souterrains, explique Baptiste, avant que monsieur de la Vergne trouve le moyen de les faire partir pour l'Espagne. Mon arrière-grand-père accueillait les fugitifs à la gare. Monsieur de la Vergne et lui étaient en relation avec un réseau de résistants et de passeurs, mais un jour ils ont été dénoncés, les Allemands les ont arrêtés et fusillés. Ils devaient être les seuls à savoir que les tableaux étaient au Loup Pendu.

– Mais leurs amis juifs sont revenus après la guerre ?

– Pas tous. Monsieur et madame Sokolover ont confié leurs enfants à des amis sûrs chez lesquels ils sont restés cachés sous un faux nom pendant toute la guerre, mais leurs parents ont été arrêtés et envoyés dans les camps.

– Eux non plus ne sont jamais revenus ? demande Laure.

– Jamais.

Les enfants n'osent plus poser de question.

– Je sais comment joindre un de leurs arrière-petits-fils, annonce Baptiste. Il sera heureux de retrouver les tableaux qui appartenaient à sa famille.

– Je propose que vous lui écriviez pour raconter comment vous avez découvert la cachette, annonce Mme Jacquet.

Jamais Laure, Quentin, Nicolas, Bertrand et Ludovic n'ont pris tant de plaisir à écrire une lettre. Ils changent plusieurs fois les mots, jusqu'à ce qu'ils soient d'accord.

– On a donc décidé de creuser dans le mur pour savoir ce qui se cachait derrière, dicte Laure, inspirée.

– Avec des couteaux de cuisine qui faisaient mal aux mains, continue Nicolas.

– Qui les écorchaient jusqu'au sang, insiste Ludovic.

– Tu exagères, intervient Laure.

– Mais quand on a voulu sortir du souterrain avec le tableau, le plafond nous est tombé sur la tête…

– La voûte pas le plafond, précise Bertrand.

– Et on a failli mourir étouffés.

– Ensevelis vivants, corrige Laure.

– On a risqué notre vie pour retrouver vos tableaux…

– On ne savait pas que c'était des tableaux, rappelle Nicolas.

– On a risqué notre vie pour découvrir ce qu'il y avait dans les caisses, accepte Ludovic.

Mme Jacquet se promet d'utiliser plus souvent les lettres pour leur faire faire des progrès en vocabulaire. Mais elle aura du mal à trouver un sujet aussi passionnant.

Leur découverte déclenche une avalanche de visites. D'abord le maire, avec le commissaire, puis le préfet et des experts en peinture.

L'information parvient même à un journaliste qui pénètre au Loup Pendu malgré la vigilance de M. Bonvoisin. Il veut interviewer toute la bande, prendre des photos, les autres élèves commencent à être jaloux.

Puis, un après-midi, pendant qu'ils sont dans la salle de jeux en train d'inscrire les noms des plantes sur leurs herbiers, ils voient une voiture pénétrer dans le parc et un homme jeune en descendre. Un second, plus âgé, en costume sombre, le suit. Le jeune homme examine longuement le château puis va à la rencontre de Baptiste à qui il serre chaleureusement les deux mains.

– C'est la personne à qui vous avez écrit, explique Mme Jacquet, Richard Sokolover. Le monsieur qui l'accompagne représente le service spécialisé dans la restitution des biens volés aux familles juives.

Baptiste et M. Taquet conduisent d'abord les deux hommes dans le souterrain où les caisses ont été découvertes, puis dans la salle de jeux où elles ont été remontées. Les trois tableaux déballés ont été posés sur une table.

– Alors c'est bien vrai que ces tableaux existaient, murmure-t-il.

– Vous ne le saviez pas ? s'étonne M. Taquet.

– Ma grand-mère le prétendait, elle se souvenait de celui-ci, dit-il en désignant le petit Corot. Elle disait qu'il était au-dessus du bureau de son père. Mais toutes les photos de l'appartement de mes arrière-grands-parents ont disparu, nous n'avions aucune preuve.

Richard Sokolover examine le portrait et le paysage de neige, puis il défait lentement les autres emballages. Il retient des exclamations étouffées.

– C'est un vrai trésor que vous avez découvert !

Sa voix tremble un peu. Le monsieur en costume photographie chaque tableau, en consultant le carnet que M. Taquet a retrouvé dans les caisses.

De temps en temps, Richard Sokolover hoche la tête, incrédule et terriblement ému.

– Nous trouverons, ma famille et moi, le moyen de vous remercier pour ce cadeau miraculeux, commence-t-il d'une voix forte. Mais je voudrais, sans attendre, vous dire que votre découverte et le récit de Baptiste ont fait revivre l'histoire de mes arrière-grands-parents et celle de cette époque terrible. Grâce à vous, je vais pouvoir penser à eux comme à des gens vivants, ayant aimé de belles choses.

Les enfants sont sûrs de se rappeler toute leur vie les larmes qui coulent sur le visage de ce garçon qui pourrait être leur grand frère.

La boum

La fin du séjour semble d'une grande banalité. Mais merveille, un matin ils trouvent la larve de libellule hors de l'eau, agrippée à une tige de sureau placée dans son bocal.

– On dirait qu'elle est enveloppée de papier brillant ! s'exclame Clothilde.

– Elle s'est changée en nymphe, explique Mme Jacquet. À l'intérieur de cette coque, elle est en train de se transformer. Je pense qu'avant notre départ, vous verrez la libellule.

Et le lendemain soir, Gilles s'écrie :

– Venez vite, je crois qu'elle sort.

Tous se précipitent pour voir la peau desséchée de la larve se craqueler. La libellule s'en extrait lentement, repliée sur elle-même, étend son abdomen, décolle ses ailes encore gluantes, puis les déploie. Une ravissante libellule bleue prend son envol. Ils se précipitent pour lui ouvrir grand les fenêtres.

Comme il fait beau, ils jouent beaucoup au ballon, surtout au foot. Bertrand Legoff se révèle un bon gardien de but. Et la boum du dernier soir est une réussite complète.

Dès l'après-midi, ils aident les maîtresses à décorer la salle de jeux. Ludovic, Gilles, Ken et John fabriquent des guirlandes. Bertrand, Laure et Nicolas réalisent des lampions accrochés sur un fil, Clothilde aide Mme Bonvoisin à confectionner des cakes salés et des sablés à la confiture. Quentin et Laure pressent des oranges et des citrons pour les boissons.

À dix-neuf heures trente, aussitôt le dîner terminé, les filles se précipitent dans les chambres pour se faire belles.

Les garçons en ont aussi le droit, mais aucun ne prend cette peine, sauf Bertrand qui enfile une chemise blanche et un nœud papillon rouge.

Quand il entre dans la salle de jeux, les garçons éclatent de rire, sauf Quentin qui s'écrie :

– Il est super ton nœud pap ! Je peux voir si ça me va ?

Bertrand hésite une seconde, puis il retire son nœud et le tend à Quentin. Du coup, tous les garçons se disputent pour l'essayer. M. Taquet met d'abord deux ou trois rocks puis la chenille et la danse des canards, et enfin des slows.

Plusieurs garçons ont brusquement trop chaud et sortent prendre l'air dans le parc, mais d'autres invitent les filles. Clothilde est toujours la première invitée, par Ken, puis John, puis Jules qui n'est pas dans leur bande.

Laure danse avec Nicolas, c'est son meilleur ami.

– Je reviendrais bien en colo cet été, dit Laure.

– Il n'y a plus rien à découvrir dans les souterrains.

– Qu'est-ce que t'en sais ?

Ils rient, puis Nicolas se penche à l'oreille de Laure.

– Il y a un garçon qui a très envie de danser avec toi, lui dit-il tout bas.

– Oh non !

Bertrand n'a plus son nœud papillon, il est complètement décoiffé d'avoir dansé le rock n'importe comment, et il ne quitte pas Laure des yeux.

– Il danse comme un sac de patates !

– Donne-lui une leçon, il apprend vite.

Laure voudrait bien, mais la danse est finie et Nicolas la plante juste devant Bertrand.

– Traître, murmure-t-elle.

– Tu veux bien danser ? demande Bertrand rougissant jusqu'à la racine des cheveux.

Il a l'air humble et timide, mais Laure se méfie. Il sait aussi prendre des mines de petit saint pour séduire la maîtresse.

– D'accord, dit-elle en posant une main sur l'épaule de Bertrand.

Il redresse les épaules, rougit encore plus et se met à danser avec autant de sérieux que s'il conduisait la reine d'Angleterre.

– C'était bien, cette classe verte, non ? demande Laure.

Le visage de Bertrand s'épanouit comme ces fleurs magiques qui ouvrent leurs pétales lorsqu'on les trempe dans l'eau.

– C'était mieux que des vacances, dit-il radieux.

– C'est vrai, reconnaît Laure.

Bertrand repique un fard. Laure est d'accord avec lui !

– C'était marrant d'emporter un nœud pap pour la boum, dit-elle en riant.

– Un peu ridicule.

– Mais non, c'était rigolo, d'ailleurs tous les garçons ont voulu l'essayer.

À la fin de la danse, avant que Laure ait pu réagir, il lui dépose un petit baiser sur la joue.

– Tu es très jolie, dit-il en se sauvant.

C'est au tour de Laure de devenir rouge tomate. D'autant que Nicolas, Ludovic et Gilles se tiennent les côtes de rire.

– Je vous déteste, dit-elle en fonçant sur eux.

Elle n'a pas le temps de développer, la porte s'ouvre sur Kevin, Élie et Natacha.

– On est venus vous dire au revoir, annonce Élie.

Les garçons racontent que le maire les a convoqués pour savoir comment ils avaient eu un double des clefs de la chapelle, qui ne quittent pas la mairie, et de celles du donjon qui ne quittent pas la maison de M. Bonvoisin.

– Et alors ?

– Ça fait longtemps qu'on a ces doubles, c'est un copain qui nous les a passés. Il les avait piqués à son frère aîné. On n'est pas les premiers à descendre dans les souterrains.

– On a refusé de dénoncer le frère du copain, ajoute Élie avec un regard en coin du côté de Baptiste.

– Alors vous avez rendu les clefs ?

– Bien obligés.

Kevin n'a pas tellement l'air embêté.

– Sans les copier ? s'étonne Laure.

– Tu nous prends pour des tricheurs ? proteste Kevin.

Laure et Nicolas se gardent bien de rire.

– Qu'est-ce que vous cherchiez dans les souterrains ? demande Laure.

– Des pièces d'or. On raconte que les réseaux de résistance en auraient caché pour acheter des armes.

– Elles auraient été placées dans la cachette avec les tableaux.

– Peut-être, dit Kevin songeur.

– Mais pourquoi aller voler des gâteaux dans la cuisine ? questionne Nicolas. C'était risqué, les gars.

– Et alors ? C'était marrant aussi, et les gâteaux de madame Bonvoisin sont délicieux.

« À leur place, pense Laure, on aurait peut-être fait pareil. On leur ressemble un peu. » Elle aimerait bien bavarder avec Natacha. Mais Natacha danse avec Baptiste, elle lui parle à l'oreille, il se penche sur ses cheveux, on dirait qu'il en respire l'odeur, ce n'est pas le moment de les déranger.

Le voyage de retour est d'abord aussi mouvementé que celui de l'aller. Ils sont à peine installés dans le car que Quentin lâche de minuscules grenouilles pêchées dans la mare.

La moitié de la classe quitte son siège pour leur courir après.

M. Taquet demande au chauffeur de s'arrêter jusqu'à ce que toutes les grenouilles soient attrapées et, cette fois, il annonce de vraies punitions.

Le reste du trajet est calme et ennuyeux.

À l'arrivée, les parents sont déjà groupés devant l'école, certains un peu inquiets car ils ont compris à travers les lettres et les mails qu'ils ont reçus qu'il s'est passé des choses inhabituelles.

Comme d'habitude, la mère de Laure est en retard. Laure s'assoit sur sa valise pour l'attendre.

La mère de Bertrand, elle, est toujours à l'heure.

– Alors cette classe verte, c'était intéressant ? demande-t-elle à son fils.

– Très, dit Bertrand. On a bien rigolé.

La mère de Bertrand regarde son fils avec étonnement.

– Tu vas m'expliquer ce que tu as appris, j'ai rassemblé de la documentation sur les plantes et les insectes, nous pourrons la regarder demain.

– Pas le temps, répond Bertrand.

– Comment ça, pas le temps ?

Laure voit le moment où la mère de Bertrand va s'étrangler.

– Demain, je vais faire un foot avec les copains, on a rendez-vous au terrain de jeux.

Et il donne un grand coup de pied dans le ballon que M. Taquet vient de rendre à Ludovic.

Les autres se mettent à crier :

– À moi Bertrand, à moi !

Lâchant leurs sacs et leurs mères, ils commencent une partie de foot dans la cour de l'école.

La mère de Bertrand s'assied sur la valise de son fils, stupéfaite.

Les classes vertes font vraiment du bien aux enfants, pense Laure, et elle se jette dans les bras de sa mère qui arrive enfin.

Retrouvez « Laure et compagnie » dans les autres romans de la série :

Superman contre CE2
Opération caleçon au CE2
Extraterrestre appelle CM1
Les CM2 à la une
Panique en 6e A

Table des matières

Prologue 7
Un voyage mouvementé 9
La grande peur de Clothilde 23
Un plan qui mène loin 31
La légende du Loup Pendu 41
Une pêche miraculeuse 51
Un fantôme affamé 59
Une exploration risquée 69
Dans le noir 79
Un sauveteur mystérieux 89
Tout ça pour un trousseau de clefs 101
Des Lego dans un souterrain 113
Attention, danger ! 123
Piégés ! 129
Le secret du Loup Pendu 137
La boum 147

L'auteur

D'aussi loin qu'elle s'en souvienne, Catherine Missonnier a toujours inventé des histoires.

Pour elle d'abord : petite, elle vivait un pied dans la réalité, l'autre dans un espace parallèle. Puis pour ses amies de pension, au lycée de Tananarive où les longues récréations débridaient l'imagination. Enfin, avec un plaisir renouvelé, pour ses quatre enfants.

En 1988, elle s'est accordé une parenthèse dans sa vie familiale et professionnelle surchargée, pour coucher quelques aventures dans un cahier à spirale. Cela lui a procuré tant de plaisir qu'elle a délaissé l'urbanisme pour des histoires d'espionnage, de kidnapping, de sorciers et de voyage !

L'illustratrice

Jessica Secheret est née en 1978. Dès son plus jeune âge, elle a les mains encombrées de crayons, de stylos, de feutres, tous les matériaux lui permettant de griffonner. À quinze ans, elle décide de travailler dans l'univers du dessin.

Après son bac, elle vit en Amérique du Nord plusieurs années puis, de retour à Paris, suit des études d'architecture intérieure.

Aujourd'hui, elle travaille pour la presse, la publicité et l'édition où elle développe son propre univers et celui d'auteurs.

Achevé d'imprimer en France en février 2012
sur les presses de l'imprimerie Hérissey à Évreux
Dépôt légal : mars 2012
N° d'édition : 5572 - 01
N° d'impression : 118264